Ne courez pas ! Marchez !

Du même auteur

Roman par Polanski, Fayard, 2016 ;
Le Livre de Poche, 2017.

Roman Polanski

Ne courez pas ! Marchez !

suivi de

Lettres à mon fils
de Ryszard Polanski

Récit

Lettres traduites du polonais et annotées
par Piotr Kaminski

Flammarion

Cet entretien, mené par Catherine Bernstein, a eu lieu le 5 mai 2006 dans le cadre de la collection « Mémoires de la Shoah » initiée par la Fondation pour la Mémoire de la Shoah et l'Institut national de l'audiovisuel. À l'automne 2024, Roman Polanski a accepté de faire de ce témoignage oral un texte qu'il a relu et corrigé intégralement.

ISBN : 978-2-0804-7041-6

Avant-propos

J'ai déjà parlé de ces temps-là à plusieurs reprises.

Pour la première fois, j'ai rassemblé mes pensées et mis de l'ordre dans mes souvenirs à la fin des années 1970, en entreprenant d'écrire mon autobiographie. Les événements que j'évoque dans le présent livre, je les y ai traités de manière subjective, essayant avant tout de décrire fidèlement l'expérience d'un petit garçon précipité dans un cauchemar qui le dépasse, et auquel il cherche à résister à sa manière enfantine, pour survivre.

J'avais six ans et treize jours lorsque la guerre a éclaté, et douze ans à sa fin. Ce n'étaient pas les conditions matérielles, la misère et la faim, qui m'ont fait le plus souffrir à cette époque, ni même la peur. C'était l'absence de mes parents, le désir poignant de les retrouver, l'existence solitaire dans un monde étranger et froid.

J'ai dû à nouveau me confronter à ces souvenirs une quinzaine d'années plus tard, à la demande de Steven Spielberg et de sa Shoah Foundation, créée en 1994 en tant qu'archive des témoignages des survivants de l'Holocauste, témoignages qui se comptent aujourd'hui par dizaines de milliers. Dans ce nouveau contexte, il m'a fallu réexaminer tout ce qui m'était arrivé sous un angle plus large, en tant qu'éléments d'un phénomène inconcevable, sans doute unique dans l'histoire de l'humanité : la tentative d'extermination systématique de tout le peuple juif, entreprise par une poignée de psychopathes.

En 2005, l'Institut national de l'audiovisuel (INA), en collaboration avec la Fondation pour la Mémoire de la Shoah, a lancé un projet similaire et ambitieux, visant à conserver sous forme audiovisuelle les souvenirs des derniers survivants. Parmi la centaine d'entretiens réalisés dans ce cadre, on compte aussi mon interview.

Le livre que nous présentons aujourd'hui aux lecteurs est basé sur cet enregistrement de plusieurs heures.

Je dois admettre qu'en acceptant sa publication sous cette nouvelle forme, je n'avais pas imaginé le travail que nécessiterait la transcription écrite d'une pareille conversation, par nature pleine de digressions, de phrases inachevées et de fils interrompus.

Cependant, dès le départ, j'ai insisté pour ne pas trop lisser ni arrondir cette narration originale.

J'espère que nous avons réussi à trouver l'équilibre nécessaire, ce qui est dû en grande partie à notre éditrice, Sandrine Treiner.

Ainsi donc, le texte que nous remettons entre les mains des lecteurs me semble une épure, filtrée et ramenée à l'essentiel. Que cela reste mon dernier mot. La mémoire ne m'apportera plus rien de nouveau ; elle risque plutôt de m'enlever quelque chose.

Les deux documents qui constituent les souvenirs de mon père ont été écrits auparavant, et ont leur propre histoire.

Le premier, *Mon chemin vers Mauthausen*, est une lettre qu'il m'a envoyée après une dispute téléphonique dérisoire que nous avions eue en 1973.

La guerre nous avait arrachés l'un à l'autre. Les années de séparation nous avaient tourmentés de manière très différente, mais également cruelle, si bien que nous nous sommes retrouvés profondément transformés. Cela était particulièrement frappant dans le cas du garçon à peine adolescent que j'étais à l'époque.

Nous n'avons jamais parlé de ces expériences. Des années plus tard, on allait découvrir que ce silence était un phénomène courant, documenté et étudié désormais à l'aide des outils les plus subtils de la psychologie moderne. De notre point de vue, et je crois pouvoir parler aussi au nom de mon père, c'était infiniment plus simple : pour le dire crûment, le sujet nous emmerdait ! Nous n'avions aucune envie d'en parler. Il y avait des choses tellement plus intéressantes et importantes : la vie et l'avenir.

Et voilà que trente ans après son retour de l'enfer, et pour la première fois à mon intention, mon père a décrit la période la plus horrible de sa vie.

Je l'ai alors prié d'élargir le sujet, en décrivant tout ce qui avait précédé le camp de Mauthausen, et ce qu'il avait vécu ensuite, immédiatement après la guerre.

Son manuscrit m'est revenu à l'automne 1975. Pris par le tournage du *Locataire*, je l'ai mis dans un tiroir et, honte à moi, j'ai oublié son existence.

Ce n'est que le travail sur le projet des éditions Flammarion qui me l'a rappelé. Je l'ai trouvé brillamment écrit, d'un ton très original, et, après quelques vérifications et coupures nécessaires, tout à fait digne de publication.

Surtout aujourd'hui, où, à nouveau, l'on a envie de hurler, comme Ferdinand dans *La Tempête* de Shakespeare : « L'enfer est vide, les diables sont tous là ! »

Ne courez pas ! Marchez !

Je vous ai apporté – comme vous me l'avez demandé – quelques photos. Il n'y en a pas beaucoup parce que, bien sûr, la plupart des documents comme ça n'ont pas survécu à la guerre. Mais il y en avait certains qui étaient chez des membres de ma famille ou chez des gens.

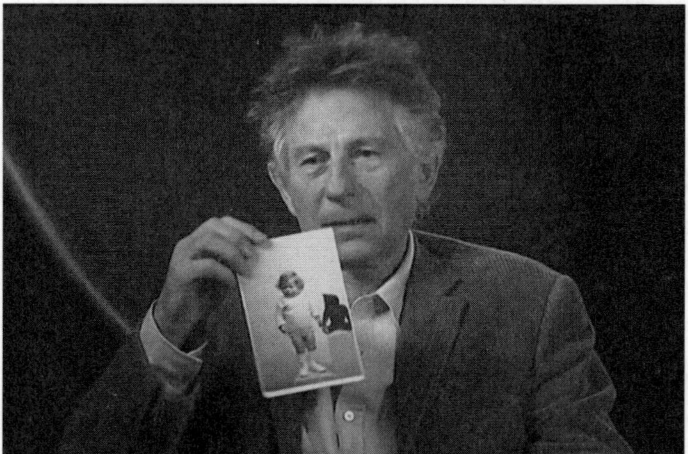

Je commence par ma photo la plus ancienne, prise à Paris. J'ai à peine trois ans.
Je suis né à Paris. Mes parents ont vécu ici.
Je ne sais pas pourquoi ils ont choisi Paris. Ils ont eu, sans doute, les aspirations des gens qui venaient en France à l'époque. C'est-à-dire qu'ils n'arrivaient pas comme l'immigration d'aujourd'hui hostile à la culture d'ici, mais au contraire parce qu'ils admiraient ses institutions, son histoire et sa morale.
Lorsque je suis né, ils étaient là depuis quelques années.

Sur cette photo prise après notre retour à Cracovie en 1936, on peut voir mon père, ses deux frères et ma mère. J'ai environ trois ans.
Pourquoi ont-ils quitté la France ? Je comprends que l'on se pose la question. Je pense qu'ils avaient des problèmes matériels et le mal du pays.

Là, j'ai environ cinq ou six ans.

Mes parents n'avaient pas une grande pratique religieuse. Même pas du tout.

Mon père est passé par plusieurs métiers. Pendant une longue période, il était représentant. Il travaillait dans une maison de disques, ou plutôt dans le magasin d'une maison de disques : His Master's Voice. Chacun connaît le label avec le chien qui écoute le tourne-disque. « La voix de son maître », en français.

Lorsque nous avons quitté la France, nous sommes retournés en Pologne, à Cracovie. C'est là que j'ai les souvenirs les plus anciens de mon enfance.

J'avais trois ans et demi, quatre ans peut-être. Je me rappelle très bien l'appartement où nous avons habité avec un balcon qui donnait sur un grand espace vide – cette partie de Cracovie n'était pas encore très construite. En revanche, il y avait un marché juste devant chez nous.

De l'autre côté de la rue, une construction en face de notre immeuble. Maintenant, cette partie de la ville est complètement urbanisée, mais à l'époque c'était presque la banlieue. Et je me souviens donc très bien des voisins, et même de leurs noms – il y avait deux garçons. Ils habitaient au même étage. J'étais avec mes parents et ma sœur qui vivait avec nous. Ce n'était pas grand. Ça sentait le neuf. C'était un nouveau bâtiment.

Il y avait deux appartements par étage. Et l'immeuble comptait environ quatre ou cinq étages. Nous habitions au troisième. Les voisins s'appelaient Kostrzewa, un des deux garçons, Titek – je ne sais pas quel était son vrai prénom. C'était paisible chez nous.

Nous n'avions pas de personnel, parfois une jeune femme de ménage, en tout cas pendant une période, pas durant tout le temps où nous avons habité là-bas.

Socialement, mes parents appartenaient à la classe moyenne.

Lorsque je suis arrivé en Pologne, je parlais déjà polonais. C'était ma langue maternelle avec le français. Je connaissais les deux langues. Je roulais le « r » à la française, ce qui faisait rire tout le monde. Pendant assez longtemps, probablement jusqu'à l'âge de six ou sept ans, je n'arrivais pas à prononcer le « r » à la manière polonaise.

Mes parents ne parlaient pas du tout yiddish dans leur vie quotidienne. Ils le connaissaient, mais ils ne s'en servaient jamais. C'est seulement plus tard, quand je me suis retrouvé dans le ghetto, que j'ai eu un peu plus l'occasion d'entendre parler le yiddish. Parce qu'il y avait toutes sortes de Juifs, bien sûr, en Pologne. Dans la vie courante, la plupart des Juifs que l'on rencontrait étaient entièrement intégrés. C'étaient des descendants des différentes vagues d'immigration. La plupart étaient là-bas depuis des siècles. Entre six et huit siècles.

Mes parents avaient des amis qui n'étaient pas juifs. Moi, c'était pareil et du reste les camarades qui vivaient à notre étage, par exemple, ne l'étaient pas.

Il y avait certaines fêtes religieuses auxquelles on participait avec toute la famille, comme le *Séder*. Et puis deux ou trois autres cérémonies, tout au plus. En général, c'était une occasion pour se mettre avec la famille autour de la même table. En dehors de ça, mes parents ne pratiquaient pas. Un de mes oncles m'a emmené deux ou trois fois peut-être à la synagogue pour que je voie comment c'est, pour que je prenne connaissance de certains rites. Moi, j'étais un enfant, ça ne m'intéressait pas du tout, bien sûr. Je m'ennuyais plutôt. Je n'étais pas croyant.

D'ailleurs lorsqu'on parle de ce qui s'est passé, on devrait faire abstraction de la question de savoir si les victimes étaient croyantes ou pas. Qu'ils soient religieux ou non, ça ne changeait strictement rien. Ça n'a rien changé non plus à ce qui nous est arrivé.

Quand j'étais tout petit, en Pologne, il n'y avait pas beaucoup d'occasions de se distraire. Mais il y en a une que je ne manquais pas, je veux parler d'une célébration qui s'appelait les *Wianki*. C'est une célébration qui existe toujours à Cracovie. Une tradition païenne. Ça se déroule sur la Vistule, le fleuve polonais qui passe devant Wawel, le très grand château royal de Cracovie. C'est une espèce de festival qui se déroule chaque été durant une seule soirée, je ne me rappelle pas si c'est en juillet ou en août. Je crois que ce que l'on célèbre, c'est une princesse polonaise qui a refusé d'épouser un Allemand et qui a préféré se jeter dans la rivière. Il y a des barges qui flottent sur la Vistule, avec des scènes qui se déroulent sur l'eau, et des couronnes de fleurs avec des lampes et des bougies en mémoire ou à la gloire de cette princesse.

Wianki, c'est le pluriel de *Wianek* et cela donne le nom de cette soirée. La couronne en polonais se dit *Wianek* – il s'agit d'une couronne de fleurs que les filles portaient en Pologne. Elle se termine toujours par un grand feu d'artifice, donc toute la population de Cracovie se mettait sur la colline et en haut des murs de ce grand château pour assister au spectacle [1]. Et il y avait beaucoup de gens qui venaient regarder. C'était une grande fête pour les enfants. Quelque chose d'inoubliable. Et on attendait ce jour-là avec impatience.

---

1. Cracovie était la capitale de la Pologne entre 1038 et 1596, avant que le roi Sigismond III Vasa ne transfère la résidence royale à Varsovie en 1596.

La menace et la guerre

Il me reste bien entendu beaucoup de souvenirs liés au début de la guerre, et même d'avant qu'elle éclate, parce qu'il régnait une atmosphère particulière de pré-guerre. J'avais juste six ans quand la guerre a commencé. Il y avait des bruits qui couraient. Les gens ont commencé à avoir peur bien avant l'invasion allemande. Elle n'a pas été une surprise : on s'attendait à quelque chose. Il y avait Hitler juste à la frontière depuis trois ans. On voyait ce qui se passait, comment ça se goupillait. Au début, on pouvait ne pas le prendre trop au sérieux, comme on ne prend pas, en ce moment, assez au sérieux ce qui se passe en Iran, par exemple. Les menaces de leur président ne nous inquiètent pas assez. Celles de Hitler paraissaient absurdes, il pouvait même sembler assez drôle quand il haranguait les foules allemandes en hurlant mais elles étaient hypnotisées. Et puis, ça a commencé à être de plus en plus sérieux. On parlait que de ça. Et il y a un moment dont je me souviens particulièrement : je me promenais avec mon père dans Planty, le parc de Cracovie qui avait remplacé les anciens remparts et entourait la ville. Là, il y avait un type avec une petite table qui vendait des dessins. Pas mal de gens autour le regardaient. Il parlait beaucoup et montrait ce qu'il faisait avec ses dessins. Ils représentaient quatre dirigeants allemands : Goering, Goebbels, je crois qu'il y avait Hitler et... Himmler, probablement. Et en pliant le papier d'une certaine manière, le dessin devenait un porc. Mon père m'a expliqué pourquoi le type avait conçu ce porc et qui étaient ces gens-là. Ça a été ma première notion de la menace.

Juste avant que la guerre n'éclate, nous avons déménagé. Nous sommes allés habiter chez ma grand-mère, parce que toute la famille avait envie d'être ensemble. Et nous habitions dans un grand appartement qu'avait ma grand-mère, avec mes deux oncles. Enfin, les deux oncles n'étaient pas toujours là. Je ne me rappelle pas. Je crois que c'était au numéro 3 [1] d'une rue qui s'appelait Zielona, qui veut dire « Verte », dont le nom a été changé en Sarego [2]. Et c'est là, dans cette rue Zielona, que mon père a décidé qu'il fallait aller à Varsovie, qu'on serait mieux protégés si nous nous

1. Selon Polanski père, au numéro 25.

2. Józef Sare (1850-1929), architecte polonais, vice-président de la ville de Cracovie, député à l'Assemblée nationale (*Sejm*). La rue porte son nom depuis 1932 ; avant – et ce depuis 1882 – elle s'appelait « Zielona », et c'est cette adresse qui a été portée sur la « carte personnelle » de Polanski père au camp de Mauthausen.

réfugiions à Varsovie. Il nous y a tout d'abord envoyés, ma mère, ma sœur et moi. Et je me souviens très bien de ce départ précipité. Nous avons pris le train. Je me rappelle bien ça parce que c'était un très beau jour d'été. Et parce que juste avant, un ou deux jours avant, j'étais au bord de la Vistule où j'avais attrapé un très beau papillon. Un de mes oncles m'a montré comment le mettre sous une cloche pour l'endormir et, ensuite, comment l'épingler sur un bouchon. Je ne voulais pas me séparer de ce trophée. C'était une chose que je trimbalais avec moi. Ma mère avait quelques valises, avec une boîte à chapeaux, je m'en souviens. C'était la nuit et c'est comme ça que nous sommes partis de Cracovie. Mon père et mes oncles ont décidé de ne pas nous suivre… Comme en France, il y a eu une espèce d'Exodus, d'exode vers l'est. Je ne sais pas dans quel sens on allait en France – probablement à l'opposé – mais en Pologne c'était vers l'est bien sûr, parce que les Allemands arrivaient de l'ouest.

Les bombardements

Et je me suis donc retrouvé à Varsovie, qui s'est révélé le pire endroit qu'on puisse imaginer en

Pologne, parce que c'est là que les Allemands se sont vraiment acharnés. Et il y avait des bombardements quotidiens. Ça a commencé par le Théâtre national, je ne sais pas pour quelle raison. C'est un fait que j'ai appris bien plus tard. En réalité beaucoup plus tard, quand je faisais de la documentation pour mon film *Le Pianiste*. Mais ce dont je me souviens comme enfant, c'est surtout l'abri : il était dans la cave. L'appartement que mon père nous avait loué était dans un immeuble moderne et pas tout à fait terminé. C'était vraiment nouveau et ça sentait la peinture. D'ailleurs, notre premier appartement, à Cracovie, sentait aussi la peinture bien qu'il fût tout à fait terminé. Dans celui de Varsovie, on était certainement les premiers locataires. Ce n'était pas grand : nous avions, je crois, une petite entrée, une pièce, ou deux pièces, avec cuisine. Chaque fois qu'on entendait la sirène d'alarme, tous les locataires descendaient dans l'abri. C'était en fait une cave arrangée, avec des bancs en bois. Le plus dur pour moi, c'était que ma mère ne me laissait pas enlever mes chaussures, car elle avait peur qu'en cas d'attaque, on ne puisse pas partir assez vite, nous enfuir, courir. Et ça me gênait beaucoup, parce que je dormais à moitié sur ses genoux et à moitié sur un de ces bancs. Les gens avaient terriblement peur des gaz, donc la plupart étaient équipés de masques. Certains n'en avaient pas. Nous, par exemple. On nous disait alors qu'il fallait avoir avec nous de la gaze sur laquelle on versait un liquide qui puait terriblement, et en cas d'attaque au gaz, l'appliquer sur le visage. Heureusement, il n'y a jamais eu d'attaque au gaz quand nous y étions mais notre maison a été frappée par un obus qui a touché à l'étage une fenêtre voisine. Et bizarrement, la locataire de cet appartement n'a pas voulu descendre de chez elle et a été tuée. C'est, je crois, la seule personne qui n'a pas voulu descendre et l'obus a fait un grand trou, juste en dessous de sa fenêtre. Ça a été ma première expérience des bombardements. Ils ont duré deux semaines ou plus.

La faim et la solitude

Les Allemands sont entrés dans Varsovie. Pendant cette période, nous avons beaucoup souffert. Il n'y avait rien à manger. Ma mère n'était pas souvent à la maison parce qu'elle essayait de trouver de la nourriture. Comme il y avait de nombreux magasins ou d'usines bombardés, elle arrivait parfois à apporter quelque chose ; un jour, par exemple, elle a ramené une grande boîte de concombres marinés. De grands cornichons. Nous nous sommes jetés dessus. Bien sûr, au bout de quelque temps, nous avons ressenti une soif absolument terrible. Et il n'y avait pas d'eau non plus. Il fallait aller loin pour en chercher dans des pompes souvent cassées, où de l'eau s'échappait que nous pouvions recueillir. Des grandes queues de gens se formaient devant, avec toutes sortes de récipients.

Un jour, ma mère est arrivée avec du sucre qu'elle avait ramassé dans une usine détruite. Il était mélangé avec du sable. Elle l'a dilué dans un peu d'eau. Elle l'a fondu et passé au tamis d'un tissu. On avait ainsi du sucre comme dans le passé, en gros morceaux plutôt qu'en cristaux. Et avec ça, de la farine et autre chose – je ne me souviens pas quoi –, elle fabriquait des gâteaux qu'elle vendait dans la rue. Et c'était frappant pour moi qu'une personne comme elle, tout d'un coup, montre un côté que je ne lui connaissais pas. Parce que c'était plutôt une femme élégante qui s'occupait de la famille. Et, là, on découvrait qu'elle avait beaucoup de ressources qui pouvaient être utiles dans des moments comme ça.

Mon père n'était pas avec nous à Varsovie. Il était parti dans cet exode d'hommes qui allait vers la frontière russe [1]. Quand la Pologne a capitulé, il

1. Quand il est revenu, je ne me rappelle pas très bien. J'ai demandé à mon père de m'écrire tout ça, ce qu'il a fait. Voir le texte, p. 91.

n'y avait plus rien d'autre à faire [1]. Tous ces gens, tous ces hommes, qui partaient vers l'est pour fuir et, éventuellement, résister, se sont dispersés.

Et c'était dur, il nous manquait beaucoup. Particulièrement quand ma mère n'était pas là. Ces moments étaient très pénibles. Je me souviens que ma sœur me disait : « Dors, ça va passer plus vite. » Et, en effet, je m'endormais et maman me réveillait. Et c'étaient des moments formidables, quand elle revenait. Mais, une fois, on a ouvert la porte : il y avait un homme, une femme et un ou deux enfants. Ils se sont installés dans notre entrée. Ils ont décidé de dormir là. C'était une toute petite pièce. On était tout seuls à ce moment avec ma sœur. Ils sont restés quand même.

---

1. L'Allemagne nazie envahit la Pologne le 1er septembre 1939. Le 17 septembre, en accord avec le protocole secret du pacte Ribbentrop-Molotov, l'URSS attaque par l'est. Le 22 septembre, les alliés organisent à Brest-Litovsk un défilé commun, avec la participation du général Heinz Guderian et du général-lieutenant Siemyon Krivocheïn. Varsovie capitule le 28 septembre, suite à quoi les deux alliés établissent une frontière commune et signent à Moscou le traité germano-soviétique sur les frontières et l'amitié, avec des protocoles secrets. En Russie actuelle, mentionner ces faits est passible de sanctions pénales. La dernière bataille a eu lieu le 6 octobre (bataille de Kock). La Pologne n'a jamais capitulé formellement.

Un jour alors que je jouais tout seul dans le terrain vague devant l'immeuble avec les empennages d'une bombe ou d'un obus – cette chose qui a des ailerons à son extrémité, dont je crois qu'il n'était probablement pas dangereux, un des rares trophées que j'avais trouvé – j'ai vu un homme, à une centaine de mètres, qui s'est accroupi et a ouvert les bras. J'ai reconnu mon père. J'ai couru vers lui, il m'a embrassé et il s'est relevé avec moi. J'ai commencé aussitôt à lui raconter notre vie et à imiter la sirène d'alarme – les deux sons, le continu et le modulé.

C'est une nouvelle époque qui s'est ouverte pour nous. D'abord, mon père a réussi à déloger nos squatters. Et puis la vie commençait à reprendre. Il y avait énormément de ruines autour de nous. Dans ces ruines, un jour, j'ai vu une voiture de l'armée polonaise – pas un tank, une voiture armée avec quelques soldats hagards. Je ne me souviens pas si c'était le même jour ou le lendemain, en me promenant avec mon père, j'ai vu des Allemands qui marchaient. Mon père a serré les dents et il a dit quelque chose comme : « Les enfoirés, les enfoirés », en polonais, bien sûr. Nous avons bientôt déménagé dans un autre quartier probablement parce qu'il était plus populaire ou peut-être moins cher – je ne sais pas pour quelle raison.

Les mesures antijuives

À un moment, mes parents ont décidé de retourner à Cracovie. On a réemménagé avec ma grand-mère. Et c'est là où j'ai commencé l'école. J'avais l'âge où il fallait envoyer les enfants à l'école. Mais ça n'a pas duré longtemps. Bientôt ils ont déménagé tous les Juifs dans un quartier qui est devenu le ghetto et il n'y avait pas d'école dans le ghetto. Les mesures contre les Juifs sont venues progressivement. C'est un élément important, parce que pas mal de gens, lorsqu'ils apprennent ce qui s'est passé, se demandent pourquoi les Juifs n'ont pas réagi. Ils ne se rendent pas compte comment ce genre de choses se passent. On n'a pas menacé d'un coup les Juifs un beau matin en leur laissant le temps de réagir. Le pire n'est pas venu immédiatement : les Juifs ne pouvaient pas s'organiser. Ça a commencé par les problèmes de banque, d'argent. On ne pouvait plus avoir un compte. Je ne me rappelle pas ces choses assez bien, vu mon âge, mais je les entendais dans les conversations de mes parents. Il y avait des bribes de ce qui se passait qui pénétraient dans la tête de l'enfant que j'étais. La première mesure que j'ai bien comprise, en tout cas, c'était le port du brassard avec l'étoile de David. C'était un brassard blanc qui devait avoir des dimensions précises – c'était très « à l'allemande » –, je ne me souviens pas très bien de la largeur, il fallait que ce soit, je crois, large de huit centimètres – et l'étoile était bleue. Elle était faite de deux triangles qui se chevauchaient d'une manière assez difficile à dessiner. J'avais toujours dessiné, depuis tout petit, et j'entendais toujours que je dessinais très bien. Donc j'étais encouragé et je dessinais au maximum. J'avais beaucoup de mal à faire cette étoile. En réalité, c'était dû au fait qu'elle était réalisée avec un pochoir. Du coup, c'était difficile à répliquer. Même aujourd'hui, quand j'essaye, je me trompe. Donc c'est la première chose que j'ai intégrée, les brassards. Un jour, mon père est revenu avec du sang qui coulait de son oreille. Il avait été frappé par un officier allemand parce qu'il ne l'avait pas salué – les Juifs étaient obligés de saluer les Allemands quand ils les croisaient.

Le transfert dans le ghetto

Nous avons été obligés de déménager. Cela s'est produit environ au bout d'un an – peut-être moins, entre six mois et un an. Je ne me rappelle pas les dates. C'est facile à retrouver. Le quartier où on a mis les Juifs était de l'autre côté de la Vistule, dans une partie de Cracovie qui n'est pas, en fait, contrairement à ce que beaucoup de gens pensent, l'ancien quartier juif.

Tous les Juifs étaient obligés d'aller dans le périmètre qui leur était assigné. Les Polonais, les Cracoviens, qui n'étaient pas juifs, avaient été obligés de déménager auparavant pour libérer cette partie de la ville où les Allemands nous ont concentrés.

Je crois qu'on avait le droit d'emporter avec nous à peu près toutes nos affaires. Parce que ce n'était pas encore un ghetto fermé. C'était juste là où les Juifs avaient le droit d'exister. Ils n'avaient pas le droit de vivre ailleurs. Auparavant, nombre d'entre eux habitaient dans un très ancien quartier qui s'appelle Kazimierz – du nom du roi, Casimir le Grand, qui a fait venir les Juifs au XIVe siècle – et où il y a une très vieille synagogue. Comme les autres, ce quartier a été vidé des Juifs et ils ont été tous obligés de traverser le pont et de s'installer de l'autre côté de la Vistule. Mais il n'y avait pas de mur à l'origine. Nous vivions là-bas, serrés parce que les appartements abritaient toujours deux ou trois familles, ou plus. Mon père s'est pas mal débrouillé : on avait, au départ, deux pièces avec une petite cuisine. Je crois que nous n'étions que deux familles dans cet appartement – on les voyait peu, c'était bien, enfin, « bien », je ne le dirai pas bien aujourd'hui…

L'immeuble faisait le coin entre la rue Rękawka et une grande place où il y avait une église. Un jour, ma sœur m'appelle à la fenêtre. Elle me dit : « Regarde. » Et j'ai vu qu'ils étaient en train de construire un mur entre notre immeuble et celui d'en face barrant l'accès de la place à notre rue. Et j'ai compris qu'ils étaient en train de nous emmurer. Nous avons pleuré tous les deux.

Une autre époque a commencé : ça, c'était le vrai ghetto. Comme je l'ai vu plus tard, le mur du côté extérieur du ghetto était cimenté, ils avaient coulé un crépi. Il était gris. il y avait une finition que l'on pourrait même dire assez travaillée, avec sur le haut du mur un crénelage. De notre côté, ils ont laissé le mur en briques apparentes. Tous les murs du ghetto étaient comme ça.

Les déportations et le périmètre

Le ghetto se divisait en deux parties – une rue principale traversait tout le ghetto et le tramway passait au milieu sans s'arrêter. Ils avaient fait une espèce de passerelle en bois, large de deux mètres, qui passait au-dessus des lignes électriques du tramway. À Cracovie, les personnes qui prenaient le tramway voyaient les habitants du ghetto et nous les voyions également.

À Varsovie, il y avait la même situation mais à l'entrée, là où passait le tramway, les Allemands avaient installé une grande porte en grillage qui s'ouvrait devant le tramway et bloquait le passage des piétons puis pivotait pour que l'on puisse à nouveau traverser.

À partir d'un certain moment, ils ont commencé à déporter les gens du ghetto. Il y avait déjà moins de gens dans le ghetto. Après chaque rafle, ils réduisaient à mesure le périmètre. Il fallait libérer une partie et aller vivre dans l'autre. Quand ils faisaient ça, ils ne reconstruisaient plus de mur, ils montaient des fils barbelés. Donc on a fini avec un ghetto qui n'était entouré pratiquement que par des fils barbelés, malgré quelques endroits où il restait des pans du mur.

Ils ne déportaient pas les habitants d'une partie ou d'une autre d'un quartier en particulier, ni des familles entières. Ils prenaient les gens de manière aléatoire. Ils séparaient les familles. C'est comme ça qu'ils ont pris ma mère, par exemple. De chez nous, ma mère est partie la première.

Un quotidien sous la menace

Il n'y avait pas d'école dans le ghetto mais comme c'était quand même une ville, la vie continuait. Il y avait quelques petites boutiques, un ou deux cafés, des restaurants, une espèce de cabaret satirique. Au départ, en tout cas.

J'avais reçu un merveilleux cadeau d'un de mes oncles. C'était une petite luge avec laquelle je m'amusais l'hiver puisque cette partie du ghetto se trouvait sur une colline. L'été, je traînais avec des copains que j'avais là-bas sur cette colline rocheuse, juste derrière notre rue.

Nous avions des problèmes pour nous alimenter, c'était difficile. Mais nous ne sommes jamais arrivés à la situation de famine qui a été celle de Varsovie. Le ghetto de Varsovie a existé beaucoup plus longtemps. Celui de Cracovie a été liquidé avant que les gens aient commencé à mourir de faim. En plus, les Allemands déportaient dans le ghetto de Varsovie des gens de province, même des personnes de l'étranger, des personnes qui étaient déjà dépourvues de tout, souvent mal nourries, et ils les mettaient dans ce ghetto sans aucun moyen de survie. À Cracovie, nous n'avons pas connu la même situation. Après ma fuite [1], j'ai passé la plus

---

1. Après la liquidation du ghetto cracovien, les 13 et 14 mars 1943.

grande partie de la guerre dans la campagne polonaise. C'est là que j'ai appris par les rumeurs du village qu'il y avait eu un soulèvement dans le ghetto de Varsovie. J'étais déjà à la campagne depuis certainement un an ou deux.

Ma grand-mère ne vivait pas dans le même appartement que nous. Elle était dans une toute petite piaule, de l'autre côté du ghetto. Je ne sais pas comment elle a eu ce logement. C'était peut-être quatre ou cinq mètres carrés, quelque chose comme ça. C'était la mère de mon père. La mère de ma mère était russe, et je ne me souviens ni d'elle ni d'où elle venait. Sans doute de quelque part en Russie.

Un de mes trois oncles paternels [1] était dans le ghetto, l'autre s'est caché à l'extérieur. Il est venu au début quand on pouvait encore librement aller et venir. Je l'ai vu une dernière fois dans le ghetto avec sa future femme et après, il a disparu. Elle était juive, mais elle avait l'air très aryenne, pas du tout sémite. Elle l'a caché dans un appartement pendant toute l'Occupation.

C'est cette tante qui m'a appris pendant ses visites avec mon oncle à dire des prières catholiques. Parce que, chaque fois avant une déportation du ghetto, un bruit commençait à courir et

1. Bernard (Benek) (1905-1945 ?), Dawid (Dudek) (1908-1946) et Szymon Stefan (1912- ?).

on savait plus ou moins que ça allait arriver. Deux ou trois fois, mes parents m'ont placé dans une famille d'amis de mon père en dehors du ghetto, les Wilk. Et j'ai même pris le nom de Wilk. Plus tard, ils ont trouvé une autre famille en banlieue, dans une espèce de semi-ferme où je devais m'installer. Mon père les a payés. J'ai apporté ma petite valise avec mes affaires mais, au bout de quelques jours, ces gens ont dit qu'ils ne pouvaient pas me garder parce que c'était trop dangereux je crois. On m'a ramené alors au ghetto, sans la valise, et sans l'argent que mon père avait avancé. Moi, j'étais très content, parce que je ne voulais pas être chez des inconnus. C'était vraiment pénible. La première nuit, je ne l'oublierai jamais. J'étais couché dans un petit lit surélevé, dans un magasin ou quelque chose comme ça. Ce n'était pas une ferme, c'était une maison de campagne en banlieue. L'homme, qui était probablement le chef de famille, fabriquait des tonneaux dans une grande cour. Je n'avais jamais été séparé de ma famille comme cela pendant plusieurs jours…

À cette époque-là, quand on était encore dans notre premier appartement, j'avais commencé à faire pipi au lit. Et quand j'ai été placé dans cette famille, ma seule préoccupation était que, si je m'endormais, j'allais faire pipi. Et c'était atroce cette histoire-là, parce que mes parents me disaient : « Un grand garçon qui pisse au lit… » Moi, je ne voulais pas pisser au lit. Mais je rêvais toujours que j'allais aux toilettes et quand je me réveillais, je me rendais compte que j'étais dans mon lit.

Contrôles et arrestations

Tout au début de l'Occupation, avant même le ghetto, il a fallu rendre les machines à écrire. Mon père a été obligé de donner la sienne. Ça s'est aggravé quand on était dans le ghetto. À un moment, tout le monde a dû rendre chaque morceau de fourrure en sa possession. Ma mère, je crois, avait un ou deux renards. Ma grand-mère avait un pauvre manteau de fourrure… C'était toute la fourrure qu'on avait. Deux de mes oncles étaient fourreurs, le troisième, Bernard, je ne m'en souviens pas. C'était leur métier. Je ne sais pas s'ils ont dû tout rendre. J'ai vu la queue des gens qui venaient pour déposer ce qu'ils avaient. Certains apportaient des édredons ! Vous savez, quand il y a un bruit comme ça, ça se passe par ce qu'on appelle le téléphone arabe. Et on finit par des absurdités. On ne leur a pas demandé de donner des plumes, mais des fourrures.

On n'avait pas le droit de garder de la nourriture non plus. On pouvait en acheter mais juste ce qu'on avait le droit de consommer. On nous a alertés qu'il y aurait une perquisition, qu'ils allaient faire un contrôle. Ma mère avait cuit des petits pains. On avait une petite cuisine à ce moment-là et une chambre où on dormait tous. Parce que, au début, on avait deux pièces, je crois. Après, ça s'est réduit à une pièce et une petite cuisine. C'est là qu'avant l'histoire des petits pains, ils sont venus chercher ma sœur. Ils voulaient absolument ma sœur, je ne sais pas pourquoi. Et ma mère l'a cachée dans le lit. Ils ne l'ont pas trouvée.

Le jour du contrôle de la nourriture, deux officiers allemands sont venus. Il y en avait un qui tenait une cravache. Avant ça, mon père avait dit à ma mère de cacher ses petits pains. Ma mère voulait absolument s'en débarrasser : elle voulait les réduire en miettes et les jeter dans les toilettes. Finalement, elle les a mis dans un genre de boîte à chapeaux ronde posée sur l'armoire, sur une valise. D'abord, ces Allemands sont allés avec elle dans la cuisine. Elle leur a tout montré. Nous, on est restés dans l'autre pièce.

Ils parlaient allemand. Ma mère parlait allemand, mon père parlait allemand aussi. Je crois que mon père était avec nous pour dresser l'inventaire qu'ils nous avaient demandé des choses que nous possédions. Et puis ils nous ont rejoints dans l'autre pièce, celle où nous nous trouvions. Ils regardaient partout. Et bizarrement, l'un est allé directement vers cette boîte à chapeaux. Il l'a tirée avec sa cravache, elle est tombée et s'est ouverte : il y avait tous les petits pains dedans. Je ne m'en souviens pas exactement, probablement l'émotion a effacé ce moment-là, mais je sais que rien ne s'est passé. Il a ri de manière sarcastique, il a donné un coup de pied, ou quelque chose comme ça. L'autre officier a joué avec le petit ours que j'avais et il est sorti avec, je ne sais pas pourquoi. Et c'était la fin de mon ours. Ça s'est arrêté là, plus rien d'autre ne s'est passé ce jour-là.

Il y a eu un moment beaucoup plus intense, quand ils sont venus chercher quelqu'un dans la maison. Nous avons éteint les lumières. On les entendait dans l'escalier. J'étais assis devant le poêle – à cette époque, on avait ces poêles à charbon en céramique dans le coin de chaque pièce pour chauffer – la petite trappe du poêle était ouverte, c'était la seule lumière rouge sur le mur. Moi, j'étais assis devant, mon père un peu derrière. Et je ne sais pas pourquoi mais, avec ma salive, j'ai dessiné un *swastika* sur le mur. Et mon père a dit : « Mais, tu es fou ou quoi ! » Avec la salive, il a changé la forme de mon dessin. Et à ce moment, on a entendu des hurlements terribles : ils traînaient une femme sur l'escalier d'en haut. Et puis je ne sais pas combien de personnes. Et la femme hurlait, et les Allemands hurlaient. Et puis, bon, après, ils sont partis. Tout ça s'est terminé comme ça. Je m'en souviens comme le premier moment qui m'a vraiment secoué. La confrontation suivante à un épisode de violence, c'est quand je suis allé voir ma grand-mère.

Témoin d'un assassinat

Mes parents voulaient toujours m'envoyer voir ma grand-mère et je n'avais aucune envie d'aller la voir. Autant quand j'étais petit, quand on habitait chez elle, ou quand mes parents partaient et me laissaient chez elle, j'aimais beaucoup sa cuisine, elle avait une vieille balançoire, et j'ai même fait pousser un petit haricot dans un pot à la fenêtre. Et puis il y avait les fêtes juives parfois devant l'immeuble, dans la cour, où on faisait des petites cabanes en sapin. Mais là, j'étais déjà plus grand et ce qui m'intéressait davantage était de jouer avec mes copains. J'avais, en particulier, un copain, un voisin qui était orphelin de mère et dont le père était très dur avec lui. Il avait une petite sœur dont il était obligé de s'occuper. Moi, je voulais rester là avec lui mais mes parents me disaient : « Il faut que tu ailles rendre visite à mamie. »

Ma grand-mère posait toujours des questions : « Et papa, comment il va ? Et maman ? Est-ce qu'ils se disputent ? » Ce genre de questions que les grands-mères aiment beaucoup poser aux enfants et qui emmerdent les enfants à mourir. Et là, je suis allé voir ma grand-mère. En revenant, la rue a soudainement commencé à se vider. Je regardais autour de moi, je ne comprenais pas pourquoi. Et là, j'ai vu une colonne de femmes qui marchaient dans ma direction de l'autre côté de la rue accompagnées par des Allemands, gardées plutôt par les SS. Elles marchaient très vite. Moi, je regardais ce qui se passait. Il y avait une vieille, au bout de la file. Elle était tombée à quatre pattes, elle se traînait pratiquement à quatre pattes. Elle se soulevait et balbutiait quelque chose en yiddish que je ne comprenais pas. Elle plaidait auprès d'un jeune officier derrière elle. Et puis elle marchait comme ça à quatre pattes et, tout d'un coup, il a sorti un pistolet et il a tiré dans son dos. Le sang est sorti de son dos. Ça ne giclait pas. C'était comme une fontaine où l'on boit. Une petite boule, un petit geyser, oui, comme ça, et qui a disparu, et elle est tombée. J'étais pétrifié. Je me suis caché dans la maison juste derrière moi. Il y avait un escalier en bois. J'ai trouvé un recoin sous cet escalier et je suis resté là-bas assez longtemps. C'était la première fois que je voyais ce genre de truc. Et c'est justement à cette époque que j'ai commencé à faire pipi au lit. Je ne sais pas si c'était lié à ça. Un psychanalyste dirait que certainement. Moi, je ne suis pas tellement convaincu : les enfants ont des périodes où ils pissent au lit sans raison psychologique concrète.

Ce jour-là, j'ai vu de mes propres yeux ce dont j'entendais parler autour de moi, parce que dans toutes les conversations des adultes, il n'était question que de scènes de ce genre. Je savais ce qui se passait, mais je ne l'avais jamais vu. Là, je l'ai éprouvé.

La société du ghetto

Au départ, ce n'était pas très difficile d'avoir le permis de sortir et puis la situation a changé. Ma mère pouvait sortir facilement du ghetto parce qu'elle travaillait dans le château de Wawel où habitait le gouverneur. La Pologne s'appelait désormais *Generalgouvernement*, le gouvernement général, et le gouverneur était Hans Frank. Ma mère était l'une des femmes de ménage du château. Il y en avait probablement une centaine.

Ils allaient chercher des Juives des ghettos pour travailler chez le gouverneur. C'était un palais énorme, avec des centaines de pièces, des bureaux et des habitations pour les Allemands des forces d'occupation qui servaient ce gouvernement. Il fallait beaucoup de gens pour entretenir tout ça. Les femmes du ghetto marchaient en rangs le matin pour aller travailler là-bas.

Mon père, lui, travaillait dans une usine. Les gens des ghettos travaillaient souvent à l'extérieur : le matin, on les faisait marcher en colonnes, parfois avec leurs outils, vers leur lieu de travail et ils revenaient l'après-midi ou le soir. Les enfants étaient abandonnés à eux-mêmes. Il y avait, en tout cas au début, le simulacre d'une vie normale. Les gens étaient enfermés, mais ils vivaient. Il y avait des gens plus riches, des moins riches, il y avait des pauvres, il y avait des gens sans aucun moyen, il y avait des mendiants. Je me rappelle surtout une vieille mendiante, un peu folle, qui traînait dans les rues. On se moquait un peu d'elle, parce que les enfants sont assez cruels. Et elle criait en yiddish : *shtikelé broyt* qui veut dire : « Un petit bout de pain ! » Et je me rappelle ce *shtikelé broyt*. Et elle faisait un bruit du genre : « siiiii siiiii », quelque chose comme ça et qui nous faisait marrer, tous. Mais il y avait aussi des gens qui avaient des moyens, qui étaient considérés là-bas comme des riches ; par exemple, quelques musiciens klezmer de la famille Rosner qui travaillaient dans l'espèce de cabaret. Un de mes amis, Richard Horowitz, qui a survécu à tout ça, est de leur famille. C'est un grand photographe, un artiste d'art graphique qui habite New York [1].

Richard était petit à cette époque, je me souviens du jour de ses trois ans. J'étais invité chez lui et il y avait du chocolat chaud. Il ne voulait pas en boire. Je sais que ça m'est toujours resté dans la tête ce truc : il ne voulait pas boire du chocolat ! Souvent, pour rigoler, je lui parle de ça, du fait qu'il ne voulait pas boire du chocolat dans le ghetto. Il ne s'en souvient pas et ça l'énerve. En dehors de cet épisode et de quelques autres rencontres, je ne l'ai pas vu pendant le reste de la guerre. C'est plus tard que j'ai habité chez ses parents, juste après la Libération.

1. Un film documentaire de Mateusz Kudła et Anna Kokoszka-Romer, *Hometown* (*Promenade à Cracovie*, 2021) suit Roman Polanski et Richard Horowitz à travers la ville de leur enfance.

Le logement

Tous ces quelques épisodes se sont déroulés au début quand j'habitais la rue Rękawka, à la limite du ghetto. Je reviens sur notre maison. Lorsqu'ils ont construit le mur, ils ont bien sûr muré l'entrée du côté libre de la ville, et ils ont viré les gens qui habitaient au rez-de-chaussée. Puis ils ont creusé un trou côté ghetto pour qu'on puisse quand même entrer dans la maison. On pénétrait en fait par la cave. Quand ils ont fait ça, quand ils ont viré les gens du rez-de-chaussée, il est resté plein d'affaires dans le sous-sol. Pour moi, enfant, c'était comme une première notion de ce qui reste de l'existence de quelqu'un qui a disparu. Ensuite, ça s'est reproduit au fur et à mesure qu'ils arrêtaient les gens et réduisaient le périmètre du quartier. J'y reviens parce que pendant la première rafle, quand ils ont vidé la partie où nous habitions, ils ont pris entre autres mon ami Paweł, mon voisin qui était un peu plus grand que moi et que j'aimais énormément. Sa disparition a été une véritable déchirure. La première déchirure. J'ai rêvé beaucoup de lui après.

Ils ont pris ma grand-mère aussi à ce moment-là je crois, ou peut-être un peu plus tard. Puis on a dû partir de l'autre côté du ghetto, dans un appartement qu'ils avaient vidé de ses habitants, déportés à leur tour. Il était donc vide – et on s'est retrouvés là-bas avec plusieurs familles. C'était grand mais on était nombreux à y vivre. Dans une pièce, j'étais avec ma mère et mon père. Il y avait un autre couple avec un petit garçon qui s'appelait Stefan. Son père était architecte. L'enfant était plus petit que moi, et très mignon, blond, mignon, vraiment, et il y avait un vieux avec un chien – le chien s'appelait Fifka, je me souviens. On était dans cette grande pièce et dans l'autre chambre, il y avait encore beaucoup plus de gens. Nous vivions très serrés mais ma sœur a réussi à avoir un coin à elle, avec un petit balcon ! Elle avait arrangé un petit espace séparé des autres par une grande armoire et en guise de rideau, un dessus-de-lit. Il n'y avait de place pratiquement que pour le lit et au dos de cette armoire, elle avait collé des photos d'artistes de cinéma : elle était folle de cinéma et elle avait des revues – je ne me souviens pas de leur nom, *Écran* ou *Cinéma*, un truc comme ça – et elle avait beaucoup de photos. C'était elle qui m'amenait voir des films à Cracovie avant la guerre quand j'étais tout petit. Je pense qu'elle avait environ dix ans de plus que moi. C'était déjà une adolescente avant-guerre. Mes premières rencontres avec l'écran, c'est grâce à elle.

Dans ce nouveau logement a couru rapidement le bruit d'une nouvelle vague de déportation. Je suis parti. Pour moi, sortir du ghetto était très facile, je sortais même de temps en temps avec des copains, sans que mes parents le sachent. Sur les collines rocheuses Krzemionki derrière la rue Rękawka, il y avait des trous sous les barbelés… On était très petits… C'était possible parce qu'il n'y avait personne pour nous voir à l'arrière du ghetto. On rampait là-dessous, on sortait, on se retrouvait au-dehors. Tout ça est très répertorié dans le musée du Ghetto à Cracovie.

La pharmacie polonaise

Il y avait pas mal de choses bizarres sous l'Occupation allemande, absurdes parfois. Par exemple, les Allemands ont laissé un pharmacien polonais, Tadeusz Pankiewicz, conserver son officine, au centre du ghetto.

Il n'était pas juif. Il y avait, je crois, un ou deux employés qui travaillaient dans sa pharmacie, et qui, chaque matin, arrivaient de la ville. C'était un type très bien. Et très vite, la pharmacie est devenue un peu le lieu de rencontre de la Résistance. Il le raconte dans un livre publié après la guerre, qui s'appelle : *La Pharmacie dans le ghetto de Cracovie*.

Je ne sais pas s'il a été traduit en français, mais en tout cas il a été publié en Pologne [1].

Je ne l'ai lu qu'assez récemment, je ne savais pas que ce livre existait. Mais d'ailleurs, après la guerre, je ne m'intéressais pas à tout ça du tout. Jusqu'au moment où j'ai décidé de faire *Le Pianiste*. Le seul moment où j'ai revisité ces années, c'était pour écrire ma biographie en 1984.

Les rafles et l'arrestation de ma mère

Nous étions dans le nouvel appartement qui nous avait été assigné. Une rumeur a couru qu'il y aurait encore une « action », c'est comme cela que l'on appelait les rafles. Je ne me souviens pas comment je suis sorti – si c'est mon père qui m'a sorti avec un permis ou quoi. Je sais que mes parents se sont donné beaucoup de peine pour me faire sortir du ghetto chaque fois que nécessaire, et m'emmener chez les Wilk alors que moi, en fait, je pouvais sortir comme je voulais. Seulement, je ne le leur disais jamais parce que c'était pendant la première période,

1. *Tadeusz Pankiewicz, Apteka w getcie krakowskim*, publié en 1947. Existe en version française (*La Pharmacie du ghetto de Cracovie*, Actes Sud, 1998).

quand on était encore rue Rękawka. Secrètement, je sortais pour aller dans une boutique pas loin acheter des timbres avec quelques sous que j'avais. Une fois, j'étais avec un autre garçon, la boutiquière nous a demandé sans méchanceté : « Vous êtes du ghetto, les enfants ? » Mais ça nous a tellement effrayés qu'on a arrêté ces excursions.

J'avais une allure qui passait très facilement en dehors du ghetto : mes cheveux étaient clairs, j'avais vraiment les traits d'un petit Polonais de la campagne. À cause de la rumeur, il m'a fallu aller chez les Wilk un jour ou deux. J'y ai passé la nuit et c'est mon père qui est revenu le lendemain me chercher pour me ramener à l'appartement. On marchait et en traversant le pont Podgórze qui était tout près du ghetto, alors que nous étions au milieu, il s'est arrêté. Il m'a dit qu'ils avaient pris maman et il a éclaté en sanglots. Moi, je n'ai pas pleuré. Et je lui ai dit d'arrêter, parce que les gens allaient nous remarquer. Et il s'est forcé à arrêter de pleurer et nous sommes revenus – ils avaient pris aussi ma grand-mère. Comme je l'ai appris plus tard, elle s'est suicidée. Elle avait du poison : elle avait dit qu'elle ne se laisserait jamais prendre par les Allemands. Ils ont aussi pris les parents du petit Stefan.

Ils n'ont pas pris ma sœur. Ils sont venus la chercher mais elle n'était pas là ; où elle était cachée – je ne m'en souviens pas. On m'a rapporté que ma mère a dit : « Prenez-moi… » On est restés encore dans cet appartement que nous habitions alors, mais pas dans la même partie du logement, ils ont tout réduit encore. Mon père partait travailler à l'aube. Je restais dans la pièce avec un vieil homme qui, lui aussi, travaillait le matin. Il faisait son thé et moi, je restais au lit. En buvant le thé, il faisait des bruits avec ses fausses dents et c'était affreux. Et là encore, il est resté aussi plein de choses qui appartenaient aux personnes qui avaient été déportées. Elles étaient toutes empilées dans la salle de bains. Il y avait vraiment une montagne d'objets. J'ai trouvé une trottinette. J'ai pris cette trottinette et j'ai joué avec ça dans la rue. Un jour, une femme m'a arrêté : « Mais, c'est la trottinette d'untel… », je ne me souviens pas le nom. Moi, j'ai dit : « Non, maintenant, elle est à moi. » Et je ne sais plus comment ça s'est terminé, je crois qu'elle m'a retiré la trottinette.

Il restait désormais Stefan, mon père, le vieux et beaucoup de gens que je ne connaissais pas. Il y a eu encore une rafle, une des dernières. Et je suis parti. J'ai supplié mon père pour que l'on s'occupe du petit Stefan. Les Allemands ont liquidé cette partie du ghetto et nous sommes allés nous réfugier dans le cagibi où avait habité la grand-mère. Désormais, nous vivions là mon père, le petit Stefan et moi.

Nous étions sans ma sœur Annette [1]. Je ne me souviens pas où a été arrêtée Annette parce qu'ils l'ont bien prise, mais plus tard. Elle avait un amoureux avant quand on était encore tous ensemble dans le grand appartement où il y avait le chien, Fifka. Elle était très amoureuse de ce garçon. Ils travaillaient ensemble dans un jardin et ils se sont embrassés. Un Allemand les a vus de loin et a tiré sur eux. Le garçon a reçu deux balles dans le ventre, mais il a survécu. Il est mort plus tard. À partir de ce moment, Annette est devenue une tout autre personne. Je crois que ça lui est resté pour la vie, ce garçon-là. Je me rappelle le garçon.

Le dernier retour dans le ghetto

Après une nouvelle rafle, je suis revenu vers le ghetto. J'ai vu de loin qu'il était cerné par les Allemands. J'ai regardé derrière les barbelés à

1. Annette Katz-Przedborska, demi-sœur de Roman Polanski, fille du premier mariage de sa mère, Bula Katz.

bonne distance là où j'habitais avec mon père et le petit Stefan à ce moment-là. Un Allemand monte la garde à cet endroit. Je me glisse sous les barbelés sans qu'il me voie et j'entre dans le ghetto.

Là, juste à côté de chez nous, il y avait trois fois rien mais quand même une petite boutique, une petite papeterie. On connaissait les propriétaires, c'était dans la même maison que nous. Récemment, j'ai essayé de retrouver exactement l'endroit. C'est impossible parce que beaucoup de choses ont changé.

Ce jour, Il faisait très beau, très chaud. Je me suis approché de là où on habitait. Il n'y avait personne. Dans la cour, il n'y avait personne. Il y avait des affaires éparpillées sur le sol, en revanche. La papeterie était ouverte, mais sans ses propriétaires. Je suis donc entré : tout y était bien rangé, les crayons, les papiers colorés, tous ces trésors pour un enfant. C'était tout petit mais il y avait des choses que je pouvais prendre, que j'aurais pu prendre. J'ai pensé : « À quoi ça me sert tout ça, maintenant ? » J'ai regardé s'il n'y avait pas d'argent dans le tiroir-caisse. Il n'y en avait pas. Je suis ressorti. Je voulais trouver mon père, bien sûr. Plus loin, j'ai vu un groupe de gens devant une maison conduit par un Allemand donc j'y suis allé. C'était à deux cents mètres environ. Je suis allé les rejoindre pour me retrouver avec quelqu'un, parce que le reste était complètement vidé de ses habitants. Je les rejoins et je demande à un homme : « Où vous allez ? » Il dit : « D'où tu viens ? » J'ai dit : « Mais je voulais rejoindre… » Il m'a insulté, en disant que j'étais idiot. Maintenant, quand j'y pense, c'étaient sans doute des gens qui étaient encore restés là, qui essayaient de se cacher, et que les Allemands avaient ressortis de cette partie du ghetto. L'Allemand ne faisait même pas attention à moi. Il avait quelques papiers dans la main, il avait l'air d'un prof d'école avec des lunettes, il était petit et un peu gros. Il y avait aussi un *Ordnungsdienst* [1], un policier juif, membre du service d'ordre juif. C'étaient eux, normalement, qui devaient régler les affaires à l'intérieur des ghettos. Les Allemands voulaient donner à tout ça une apparence de normalité.

La liquidation du ghetto, la fuite

Ils nous ont emmenés sur la place centrale, où il y avait encore la pharmacie polonaise. Elle

1. *Jüdischer Ordnungsdienst – OD.* Le service d'ordre juif. Avec la formation du ghetto, l'*OD* a son bureau, établi au 37 rue Józefińska à Podgórze.

s'appelait Plac Zgody, ce qui veut dire place de la Concorde ; c'est désormais la place des Héros du ghetto, Bohaterów Getta. C'est une place de marché pavée. Elle était alors à l'entrée du ghetto où se trouvaient l'entrée principale et le bâtiment de la garde – des gardiens du ghetto.

Sur Plac Zgody, il y avait des centaines ou des milliers de gens entassés. Les Allemands faisaient ce qu'ils appelaient l'*Umschlagplatz.* C'était la dernière sélection. Certaines personnes arrêtées étaient là depuis je ne sais pas combien de temps, certainement vingt-quatre heures ou plus. Je crois que j'étais rentré à ce moment dans le ghetto parce que je pensais que c'était fini ou quelque chose comme ça. Mais là, il y avait une foule sur la place et je commençai à me faufiler parmi ces gens pour retrouver mon père. Il y en avait qui pleuraient, d'autres s'étaient évanouis, desséchés. J'ai essayé de recréer un peu de ça dans mon film *Le Pianiste.*

La place était bordée par une rue gardée par des *Baudienst* [1] et des bâtiments en face ; la pharmacie

1. *Baudienst* (all. « service de construction ») : organisation de travail forcé créée par l'Allemagne nazie sur le territoire du *Generalgouvernement*, en Pologne occupée. L'appartenance au *Baudienst* était obligatoire, notamment pour les jeunes hommes. En plus des activités de construction au service de l'armée allemande, les travailleurs du *Baudienst* étaient contraints de participer à la construction

d'un côté, de l'autre l'entrée du ghetto et les barbelés. C'étaient des Polonais avec un uniforme gris… Je crois que c'étaient des *Baudienst* – pour nous, c'étaient en tout cas des *Baudienst*. Et c'est là qu'en cherchant mon père, que je n'ai d'ailleurs pas trouvé, tout d'un coup, je suis tombé sur le petit Stefan, tout seul. Je l'ai attrapé par le bras. Je lui ai dit : « Il faut qu'on sorte d'ici. » Il y avait des Allemands qui agitaient des papiers en hurlant. Tout d'un coup, un officier est arrivé dans le side-car d'une moto. Les autres le saluaient ; visiblement, c'était un supérieur. Je me demande si ce n'était pas Amon Goeth [1]. On n'avait rien mangé depuis la veille. Stefan parlait allemand. Je lui ai dit d'aller demander à un des officiers s'il nous permettrait d'aller à la maison chercher du pain, on reviendrait tout de suite. Un truc complètement enfantin. Stefan ne voulait absolument pas faire ça. Et tout d'un coup, j'ai pensé à demander à ce *Baudienst* polonais qui patrouillait au milieu

---

ou à l'extension des camps de concentration et d'extermination, au démantèlement des ghettos après leur liquidation, ainsi qu'à l'effacement des traces des crimes. En principe non armés, ils devaient pourtant remplir des fonctions de « service d'ordre » lors de la liquidation des ghettos, sous la supervision allemande.

1. Voir page 137.

de la rue. Il s'est arrêté. Et je lui ai demandé si on ne pouvait pas aller prendre un peu de pain. Il nous a regardés et il a dit : « Allez-y. » J'ai attrapé Stefan et je l'ai tiré avec moi. « Ne courez pas ! Marchez ! » Alors on a marché. On a traversé la rue. Nous sommes entrés sous une porte cochère. Je connaissais toutes les cours, tous les murs, tous les trous, tous les passages – on a couru jusqu'aux barbelés. On s'est faufilés, on est sortis du ghetto. J'aimerais bien savoir ce qui s'est passé avec ce Polonais. Quelle vie a-t-il menée ? Il est peut-être vivant. Si quelqu'un m'a sauvé la vie d'une manière certaine, c'est ce garçon. Il était jeune : il avait, je ne sais pas, dix-huit ans peut-être ou un peu plus. Mais il savait bien ce qui nous attendait et il nous a laissés passer. Je suis allé alors jusque chez les Wilk, pas ravis de voir qu'ils devaient maintenant recueillir deux petits Juifs, et pas seulement un. On a attendu encore : je crois qu'on a passé la nuit chez eux.

Nous sommes revenus au ghetto pour chercher mon père et c'est avec lui que nous sommes restés jusqu'à la liquidation finale quelques semaines plus tard. Après, je suis encore parti chez les Wilk mais il n'y avait personne. C'était un formidable prétexte pour revenir en arrière. Mais quand je suis revenu, avant d'arriver au ghetto, j'ai croisé une colonne de Juifs qui marchaient, gardés par des soldats allemands, en rangs par quatre, je crois, ou six – je ne m'en souviens pas. Quatre, je crois. J'ai vu qu'il y avait mon père. J'ai commencé à marcher à côté d'eux. Finalement, il m'a vu aussi. Il marchait à côté de l'un des Allemands qui les escortaient. Et, je ne sais pas comment il a fait, mais c'était impressionnant, parce qu'il a échangé sa place dans le rang avec le gars qui était derrière lui. Une fois, puis deux. Je ne sais pas comment ils ont communiqué. J'ai mimé du trottoir le geste de fermer une porte à clef. Il a dit : « Fous le camp ! » Je me suis arrêté et ils sont partis, et moi aussi, dans l'autre direction. C'est la dernière fois que j'ai vu mon père à proximité du ghetto. À partir de ce moment, c'est un autre chapitre… J'ai appris plus tard qu'ils ont fusillé le petit Stefan avec les autres enfants dans la cour d'école.

Séparé de mon père, je me retrouve seul dans les rues de Cracovie.

Les refuges successifs

Il avait été arrangé avec les Wilk de me placer dans une famille. Mon père leur avait laissé de l'argent et des bijoux, enfin tout ce qu'il avait. Avec ça, ils devaient payer la famille d'accueil. Ils s'appelaient Putek. Ils étaient concierges dans un immeuble occupé uniquement par des officiers allemands. Une bonne planque, juste à côté des casernes allemandes. Et c'est là (rue Kremerowska Boczna 3) que j'ai passé une partie de cette période. Ils avaient une petite loge où nous vivions, avec leur fils qui se prénommait Mietek.

Je l'ai vu il n'y a pas très longtemps. Nous n'avons pas parlé de cette époque, on ne parle pas de ça. On a parlé des gens. Il avait une tante qui venait parfois. Elle était jeune. Elle s'appelait Janka, c'était la sœur de sa mère.

Je me suis retrouvé à vivre dans une famille prolétaire typiquement polonaise de Cracovie. Mietek a commencé à m'apprendre des choses que je ne savais pas faire, comme s'accrocher derrière le tramway. On vendait des journaux : ça faisait des petits sous pour aller au cinéma qui est devenu ma passion.

Je me souviens quand il m'a emmené pour la première fois à la messe. Je savais les prières, même si je n'avais jamais été dans une église. Il fallait suivre le rituel, faire les signes que les autres faisaient. Et c'était inquiétant pour moi. J'ai pensé à ça quand j'ai tourné *Le Bal des vampires*, dans cette scène où le professeur et Alfred essayent d'imiter les autres quand ils dansent le menuet. J'ai bien vite appris le cérémonial de la messe. Personne ne devait se rendre compte que j'étais juif : c'était difficile d'éviter les pièges.

Mon nom était Wilk. J'étais devenu Roman Wilk.

Est-ce que les Putek savaient que j'étais juif ? Mietek ne le savait pas, mais les parents, oui, bien sûr. Je suis resté je ne sais pas combien de temps chez les Putek, jusqu'à un certain moment où ils ont décidé de m'envoyer à la campagne, dans la famille du père de Mietek. Je me suis alors retrouvé chez des paysans extrêmement pauvres. La campagne polonaise, telle que je l'ai connue là-bas, était vraiment moyenâgeuse. Peu de choses avaient changé depuis des siècles. Ils avaient une chaumière, un petit bout de terre – vraiment un petit bout.

La fabrication d'un projecteur

J'ai eu un épisode assez désagréable avec la tante de Mietek, Janka, celle qui m'avait amené en train à la campagne. Plus jeune, juste avant la guerre, j'avais été très obnubilé par la volonté de construire un projecteur. Le premier que j'ai vu, c'était durant le peu de temps que j'ai passé à l'école : c'était un épidiascope où le maître, dans la classe, mettait les illustrations qu'il projetait sur le mur. Ça m'avait absolument fasciné. Je n'étais pas tellement intéressé par les images projetées. Ce qui me passionnait, c'était le faisceau de lumière, et comprendre comment ça marche.

Pendant que nous habitions dans le deuxième appartement, là où il y avait le petit Stefan et ses parents, j'ai connu un garçon qui avait un petit projecteur à manivelle. Et il avait quelques petits bouts de films. Bizarrement, ce n'était pas du seize mais du trente-cinq millimètres. C'étaient des tout petits rouleaux de *La Sortie de l'usine Lumière à Lyon* des frères Lumière. À cette époque, je ne savais pas ce que c'était. Il avait ce jouet. Je crois que je lui ai donné ma collection de timbres pour qu'il me projette le film dans la salle de bains sur une serviette.

Quand j'étais chez les Putek, je voulais absolument projeter des illustrations. J'avais une lampe et, à l'époque, je pensais qu'avec les lentilles des lampes de poche on pouvait projeter une image. Il fallait que je découpe un carré dans une boîte en tôle que j'avais trouvée sur des dépôts d'ordures. Il faut dire qu'à Cracovie, ils amenaient les ordures en voiture à cheval. Et pour trouver le dépôt, je me suis accroché à une de ces voitures. Et sur le dépôt, j'ai trouvé une boîte, probablement une boîte à thé ou quelque chose comme ça. Pour découper le carré où je pourrais mettre l'illustration, j'ai perforé le métal avec un clou. J'ai fait ça sur le perron au rez-de-chaussée. Le bruit que je faisais énervait Janka. On s'est disputés et elle m'a foutu à la porte, dans la rue. Je me suis retrouvé avec mes copains, particulièrement un qui s'appelait Krupa, et qui était plutôt un mauvais garçon. Comme je sonnais et qu'elle ne m'ouvrait pas, il m'a conseillé de coincer une allumette dans la sonnette. Elle a dit qu'elle allait me dénoncer aux Allemands. Mais elle ne l'a jamais fait, bien sûr. Sinon, je ne serais pas là aujourd'hui.

La découverte de la campagne

Je n'ai pas dix ans quand j'arrive à la campagne, un peu moins, je crois, parce que le ghetto a été liquidé en mars 1943. J'ai neuf ans et demi, mettons. Je me suis retrouvé dans cette campagne qui s'appelait Wysoka – ce qui veut dire « haute ». C'était une campagne avec peu d'habitants. Le village comptait trois, quatre maisons. Notre chaumière était assez loin des autres. Les maisons étaient parsemées sur les collines. C'était très vallonné, très beau.

C'était la première fois que je me trouvais vraiment dans la nature. La toute première fois, c'était pendant des vacances dans un endroit près de montagnes très boisées, où mes parents m'avaient amené juste avant la guerre. C'est la seule fois où je suis allé en vacances à la campagne. L'endroit où je suis désormais relégué se situe à quelque cinquante-six kilomètres de Cracovie, à côté de Wadowice, ville où le pape Jean-Paul II était né.

La tante de Mietek m'avait accompagné en train jusqu'à Przytkowice, puis jusqu'au village où j'allais habiter, à plus de huit kilomètres de la gare. Je me souviens de cette longue marche avec ma petite valise. Et de la découverte de cette campagne et de ces paysans très catholiques. Les Buchała avaient trois enfants : une fille un peu mongolienne – je ne sais pas exactement quel était son handicap, elle était très gentille, mais pas normale – le frère aîné était méchant – je ne sais pas ce qu'il avait eu mais il était très petit, il avait l'allure d'un nain – et finalement le plus jeune, qui s'appelait Ludwik, Lutek, qui était très gentil. C'était lui, mon copain. Je crois qu'il devait avoir six ou sept ans. Le père était très vieux, et complètement abruti, un idiot. C'était un cordonnier de Wadowice. Parfois il faisait des chaussures pour les enfants de la maison. Personne ne serait venu lui commander une paire de chaussures mais il savait quand même en fabriquer. Et la mère était vraiment une femme au foyer. C'était elle qui était la vraie patronne. Elle était très gentille, une très bonne personne. Travailleuse : elle faisait tout, en somme.

Je n'allais pas à l'école. Ce n'était pas possible de m'enregistrer, il aurait fallu un acte de naissance, des papiers de baptême. Je ne savais pratiquement pas lire.

Ces gens étaient très pauvres. Ils avaient une vache. En fait, la vache ne leur appartenait pas, elle appartenait aux voisins qui habitaient un peu plus bas dans la colline, à quelque trois cents, quatre cents mètres peut-être. Je n'avais pas de contact avec eux, mais je me rappelle qu'un jour, j'ai vu quelqu'un qui était en train de réparer le toit de leur maison et qui tapait avec un marteau – j'ai remarqué que le son arrivait avec un effet retard. Ce n'était pas synchrone. J'ai eu tout d'un coup cette illumination que le son prend du temps pour arriver à notre oreille, que ce n'est pas instantané. Ce voisin s'appelait Nicieja.

Les actualités cinématographiques

Pendant la période à Cracovie, avant d'aller à la campagne, j'allais au cinéma, comme je l'ai dit. Avec Mietek et parfois seul. Je vendais des journaux et quand on est tout le temps en contact avec le mot imprimé, on apprend quand même à lire. Les sous-titres des films allemands, même sans aller à l'école, m'aidaient aussi à apprendre la lecture.

On disait alors qu'il ne fallait pas aller au cinéma parce que ce n'était pas patriotique. Il y avait des graffitis sur le mur du cinéma qui clamaient : « Seuls les porcs vont au cinéma. » Moi, je n'étais pas gêné par les porcs. J'étais fasciné par la projection. Même dans le ghetto. Les Allemands projetaient sur un écran en plein air dressé sur une grande place en dehors du ghetto. Ils projetaient parfois les actualités. Et de certains coins du ghetto, à travers les fils barbelés, on pouvait voir les images. Ils faisaient ça, je crois, une fois par semaine, ou quelque chose comme ça. Et nous, les gosses, accrochés aux fils barbelés, on regardait la propagande allemande et leur grande fierté, les tanks « Tiger ».

Il y avait aussi des films de propagande contre les Juifs dans les actualités. De temps en temps, on lisait sur l'écran : « Juifs = Poux = Typhus ». Il y avait beaucoup de typhus dans le ghetto de Varsovie, justement. Et c'étaient les poux qui colportaient la maladie. Alors on disait que les Juifs étaient responsables des épidémies de typhus à cause des conditions hygiéniques dans le ghetto de Varsovie. Il y a dans les archives allemandes et polonaises des actualités, justement, des chroniques tournées par les Allemands. On y voit des choses absolument effrayantes. Et on comprend ce qui se passait. D'ailleurs les Allemands, souvent, filmaient même les poux avec un macro-objectif.

En effectuant les recherches pour *Le Pianiste*, j'en ai visionné des heures. Mais je n'ai vu que de temps en temps ce qu'on appelait la… *Kronika Filmowa* (les actualités), ça s'appelait, en polonais. C'était destiné aux Polonais.

Le quotidien, la peur et la solitude

Retournons chez les Buchała. Je pense au premier jour de mon arrivée : les enfants, surtout le petit Ludwik, m'ont très bien accueilli. On s'est promenés dans un petit bois. J'ai vu des champignons – c'est la première fois que je voyais des champignons en terre. Et j'ai bien vite appris la vie de la campagne. Je gardais la vache qui appartenait aux voisins. En fait, c'était une génisse que nous avions chez les Buchała. C'était l'espoir de toute la famille que cette vache donne du lait. Un jour, Mme Buchała a décidé que la vache avait besoin d'un taureau. Elle nous a expédiés très loin avec la vache, Ludwik, sa sœur Jaga, son grand frère Marcin et moi : on a marché pendant toute une journée pour aller là où il y avait le taureau. Mais la vache ne voulait pas du taureau. Et on était tous très déçus. On est revenus de nuit, je me souviens. On avait peur.

Pendant tout mon séjour, cette vache n'a jamais donné de lait en tout cas. S'il y avait du lait, c'est qu'on allait l'acheter chez les voisins. Et une fois, justement, je descendais pour aller beaucoup plus bas chercher du lait et j'ai entendu qu'on m'appelait au loin. J'étais sur un petit chemin. Je me suis retourné et j'ai vu un cheval qui tirait un chariot. À côté du paysan, il y avait un soldat allemand. C'était étonnant, parce qu'on n'avait jamais vu de soldat allemand dans le village. J'ai entendu qu'on m'appelait. Alors, je me suis retourné. J'ai continué à marcher. J'ai pris le lait chez les voisins et j'ai oublié cet épisode : un ou deux jours plus tard, j'étais en train de cueillir des mûres, au bord d'un sentier où il y avait des cailloux et des ronces. Là-bas, c'était la seule chose qui nous sauvait, les mûres, et tout ce qui pousse dans le bois. Il y avait aussi des cerises en abondance. En plus, il y avait d'autres arbres fruitiers autour de la maison qui donnaient des poires et des pommes. Pendant l'été, il y avait beaucoup de fruits.

Tout d'un coup, j'ai entendu un sifflement et un claquement de fusil. Et je me suis retourné. J'ai vu le chariot avec le même paysan et l'Allemand qui venait de tirer sur moi. La balle a rebondi sur la pierre. C'est ce bruit que je venais d'entendre. Et là, je me suis tourné et j'ai couru comme un dingue. J'ai fait tomber le pot avec les mûres. Je me suis caché dans les bois et je ne suis ressorti que tard. Et je n'ai jamais compris pourquoi ils avaient fait ça. Je n'ai jamais revu ni l'Allemand ni le paysan. Aujourd'hui, je ne sais pas s'il m'a tiré dessus parce que la veille je n'avais pas réagi à ses appels, ou s'il s'amusait et voulait me tirer dessus vraiment… Je ne sais pas.

Pour revenir à la vie quotidienne de cette campagne, il y avait énormément de bestioles qui nous bouffaient tout le temps : des puces, des punaises, des poux. Et il n'y avait pas encore de DDT. C'était une lutte constante contre tout ce monde microscopique. Et j'imagine que la vie, avant, c'était ça. La farine, on la faisait nous-mêmes. Il y avait un petit moulin qu'on tournait à la main.

C'était une pierre ronde avec un trou où on jetait les grains, et on tournait avec une baguette en bois qui allait jusqu'au plafond, et qui nous permettait de tourner la pierre. La farine sortait dans un compartiment sous la pierre. Ensuite on faisait le pain qu'on cuisait dans le poêle à pain, qui ressemblait à ce qu'on utilise pour cuire les pizzas aujourd'hui. Et ça, c'était la vie de Wysoka.

La mère Buchała savait que j'étais juif bien sûr, mais pas les autres, ni le vieux ni les enfants. Et surtout pas ceux des voisins avec lesquels je jouais parfois.

On ne se lavait pas. Jamais personne ne se dénudait devant une autre personne. À cette époque, dans cette société en tout cas, jamais. Il n'y avait aucun besoin de se dénuder. Ils faisaient très attention à ça, d'ailleurs. On se lavait, chacun, dans l'étable.

La maison c'était d'ailleurs l'étable, la cuisine et une autre pièce. Et encore une toute petite remise où, parfois, je dormais, qui était vraiment là où on gardait les grains, les pommes, les denrées comme ça. Dans la pièce principale, nous dormions, les trois enfants. Et dans la cuisine, la mère, avec les vieux.

Le matin, c'était le chant religieux de Mme Buchała qui me réveillait. Elle chantait des psaumes. Alors on se levait tous. Le premier matin, c'était inattendu. J'ai passé là-bas des moments où la vie quotidienne était extrêmement dure, mais cet aspect ne me gênait pas du tout. L'enfant s'habitue aux conditions de vie et ça ne me rendait pas triste. Un enfant est triste parce qu'il est séparé de ses parents. Et ma souffrance, c'était ça, alors je pensais au moment où on allait être à nouveau réunis, vingt-quatre heures sur vingt-quatre. Même en dormant, je pensais à ça.

Annette, elle était à Auschwitz, dans le camp de concentration. Elle a été dans deux camps, je crois. Ma mère est allée aussi à Auschwitz, mais avec un convoi qui a mené les déportés directement au gaz. Annette, elle était plus jeune et elle a sans doute été sélectionnée pour travailler. Ma sœur n'est jamais revenue en Pologne. Elle est allée directement en France après la Libération. Elle n'y est jamais retournée ensuite.

Une rencontre trente ans plus tard

J'ai revisité ces lieux peut-être vingt ans après la guerre. Je crois que ça devait être dans les années 1970, quelque chose comme ça. Je suis allé là-bas. J'ai retrouvé la chaumière : elle était abandonnée et le toit était détruit. Juste à côté, il y avait une maison paysanne aussi, mais assez neuve, comme une petite maison de ferme. C'était avant Noël. Je suis arrivé assez tard. Il y avait déjà la lumière allumée à l'intérieur. Il y avait l'arbre de Noël. J'ai donc frappé à la porte. Les gens m'ont reçu très gentiment. J'ai demandé : « Où sont les habitants de cette chaumière ? » Leur maison était littéralement construite à trois ou quatre mètres de l'autre. Elle n'était pas dans le même alignement, mais en diagonale. Les coins se touchaient presque. Ils ne savaient pas. Ils m'ont dit que le plus jeune, mon copain Ludwik, était peut-être en Silésie. Mais ils n'avaient aucune nouvelle. Ils ne connaissaient pas la famille. Personne ne sait ce qu'ils sont devenus [1].

Je suis allé faire un tour plus bas voir la maison des Nicieja, puis celle où j'allais autrefois chercher le lait. Tout ça n'existait plus : il y avait des maisons nouvelles. Ça avait complètement changé, c'était difficile de m'y retrouver. Mais le paysage est resté d'une grande beauté. Parfois, je rencontre des gens

1. Mateusz Kudła et Anna Kokoszka-Romer, cinéastes polonais, auteurs du film documentaire *Promenade à Cracovie* (2021), ont réussi à retrouver le fils de Ludwik Buchała, Stanisław. Le 15 octobre 2020, il a reçu à Gliwice les Médailles des Justes parmi les Nations, décernées à Stefania et Jan Buchała par l'Institut Yad Vashem à l'initiative de Roman Polanski.

qui me disent : « Je connais quelqu'un qui vous a connu pendant la guerre. » Je ne crois pas tout ça. Mais je voudrais raconter un épisode qui est plus contemporain. Ça s'est passé il y a environ cinq ans. On m'a donné le doctorat *honoris causa* de l'École de cinéma à Łódź. Il y avait une cérémonie à laquelle participaient quelques recteurs de certaines universités polonaises. Il y avait Wajda, d'ailleurs, et un autre cinéaste parce qu'on nous a donné en même temps un diplôme de la cité de Łódź. Ils étaient tous dans les habits respectifs de leur université pour cette cérémonie. Un cocktail a prolongé la soirée. Un monsieur est venu boire un verre avec moi, qui s'est présenté comme recteur ou doyen d'une des universités polonaises – d'Opole, je crois [1]. Il me dit : « Vous savez, mes grands-parents – ou mes parents… mes grands-parents, je crois – vous connaissaient, pendant que vous étiez caché à la campagne. » J'ai dit : « Ah bon ? » Et il a dit : « Oui, oui, c'était vos voisins. » Et je lui ai demandé leur nom : « Eh bien ils s'appelaient comme je m'appelle, moi : Nicieja. » Et là, j'ai ressenti un choc. Penser que le petit-fils de ces gens simples est maintenant

---

1. Stanisław Sławomir Nicieja (1948-), historien d'art, recteur de l'université d'Opole (1996-2002), sénateur (2001-2005).

un doyen d'université en Pologne m'a beaucoup ému.

La lecture

Dans ce village, je suis tombé sur une petite malle. La sœur de Mme Buchała était institutrice. C'était la seule personne dans ce cercle qui était un peu instruite. Elle avait laissé ce coffre avec des livres et personne ne s'intéressait à ça. Dans cette petite pièce, où on gardait le grain et les pommes de terre, je lisais. Grâce à cela, j'ai vraiment progressé en lecture. C'était un petit pas en avant par rapport à ce que j'avais appris en lisant les titres des journaux et les sous-titres de cinéma. Le premier livre que j'ai lu, c'était *La Chanson de Roland* en traduction polonaise. Il y avait aussi un mensuel qui s'appelait *Rycerz Niepokalanej*, ce qui veut dire : *Le Chevalier de l'immaculée*. C'était un magazine catholique, avec des histoires édifiantes. Je lisais tout ça parce qu'il n'y avait rien d'autre. Néanmoins, la chose qui m'a le plus intéressé, c'était *La Chanson de Roland* parce que ça racontait des histoires de chevaliers et de batailles. C'était traduit dans une langue archaïque avec plein de mots que je ne comprenais pas. Comme par exemple, le mot *murawa*, qui veut dire

« pelouse » et que je ne connaissais pas. Et le sang qui coulait sur *murawa*, ça m'a toujours impressionné. Mais je n'arrivais pas à trouver le vrai sens de tout ça.

L'antisémitisme rural

C'est à Wysoka que j'ai entendu parler du soulèvement du ghetto et ensuite de l'insurrection de Varsovie. Parce qu'il y a eu deux soulèvements. D'abord, le soulèvement du ghetto en avril-mai 1943, qui s'est terminé par sa destruction totale. Il n'est presque pas resté de survivants. Et ensuite, un an plus tard, en août-octobre 1944, l'insurrection de Varsovie, qui a duré assez longtemps. C'était pendant la période où les Soviétiques étaient déjà de l'autre côté de la Vistule, à Varsovie. Ils n'ont pas bougé, d'ailleurs. Pourtant c'était un soulèvement des Polonais. Ces informations arrivaient jusqu'à moi. Les gens parlaient de ces actualités, bien sûr.

J'ai entendu des conversations sur ce qu'on disait des Juifs du ghetto. On se moquait un peu d'eux. Penser que les Juifs peuvent se battre était pratiquement absurde pour les paysans polonais parmi lesquels je vivais. Le Juif, c'était forcément un « petit Juif[1] », qui pouvait éventuellement vendre des objets de faible valeur au marché, ou être avocat, ou musicien mais pas quelqu'un susceptible de se battre. On avait cette image des Juifs en Pologne.

Je ne pouvais pas montrer ce que je ressentais mais ça m'a réjoui que des Juifs donnent une autre image d'eux-mêmes. Il ne faut pas oublier que les catholiques étaient les héritiers de mille ans de propagande du Vatican. Ils pensaient que les Juifs avaient tué leur Jésus-Christ. À ce sujet, ils ne pouvaient pas changer de représentations. Si vous aviez dit à quelqu'un dans Wysoka que Jésus était juif, il vous aurait tué. Pire encore que si vous prétendiez que la Sainte Vierge était juive. C'étaient des notions inacceptables. Et cependant, ces paysans étaient des gens très bons.

Le front se rapproche

On savait que la guerre s'approchait de nous. Il y a eu un moment absolument sensationnel pour

1. *Żydek* : terme péjoratif, condescendant. Avant et pendant la guerre, il était fréquemment employé dans des discours antisémites.

moi. C'est quand j'étais dans le bois, en train de ramasser les myrtilles. C'était durant l'été, avec ce bruit des bois, que l'on peut s'imaginer : les mouches, les abeilles, les bourdons. Et tout d'un coup, ce bruit a commencé à changer un peu et j'ai compris qu'il y avait des avions qui passaient. J'ai levé les yeux et le ciel entier était couvert d'avions qui avançaient. Et j'ai compris, tout de suite bien sûr, que c'étaient des avions américains ou anglais, américains sans doute. Et là, on commençait à entendre « Pap, pap, pap ». Des explosions et des petites boules de fumée apparaissaient entre les avions. Et la formation progressait tout droit. Je me suis couché par terre et j'ai regardé ce spectacle. C'était un moment phénoménal parce qu'on savait déjà que ça n'allait pas très bien pour les Allemands et que les alliés s'approchaient, que le front était plus près. Cependant il était encore de l'autre côté de l'Allemagne. J'avais peur pour ces avions. Tout d'un coup, j'ai remarqué des parachutes. Je n'ai pas vu l'avion qui avait été touché, mais j'ai vu les parachutes qui sont apparus dans le ciel. Ils descendaient, ils descendaient… Il y en avait un qui tombait vraiment vers moi. J'étais presque sûr qu'il allait atterrir, quelque part, tout proche. Mais bizarrement plus il s'approchait, plus il disparaissait. Et finalement, il a disparu derrière les arbres. Beaucoup plus tard, après la guerre, j'ai appris ce qui s'était passé : c'étaient des aviateurs américains en train de bombarder des complexes chimiques [1].

À partir de ce moment, les Allemands ont commencé à passer par les villages en voiture. C'était la première fois que dans ce village, on voyait une voiture. La première qui est venue, d'ailleurs, est restée un peu coincée. Les paysans aidaient à la pousser, ce qui semblait drôle et en même temps naturel parce qu'ils pensaient que la voiture à moteur était dans un sens inférieure à une voiture tirée par un cheval. Le train était loin, à huit kilomètres. Le petit Ludwik n'avait jamais vu de train, ni une lampe électrique. Et d'ailleurs quand je lui disais que grâce à un interrupteur qu'on tournait, on pouvait déclencher la lumière, il ne me croyait pas. Il était d'accord que l'électricité existait et faisait de la lumière. Mais qu'on pouvait allumer une

1. Les deux cinéastes polonais de *Promenade à Cracovie* ont réussi à identifier l'avion et les circonstances exactes de l'incident, rapportées dans leur film. C'était un Liberator B-24 « Hell's Angel », descendu le 13 septembre 1944. Six aviateurs périrent, cinq ont survécu. À Noël 2024, Roman a reçu en cadeau de leur part un bout de sa carlingue et des cordes de parachute, trouvés chez un collectionneur.

lampe à distance, ça il ne voulait pas l'entendre, il n'a jamais voulu le croire.

Une fois, je l'ai amené à Przytkowice pour qu'il voie passer le train. On a marché les huit kilomètres. On a attendu pendant une heure que le train vienne, s'arrête et reparte. Il a vu le train. Ça ne l'a pas impressionné. J'étais d'ailleurs très déçu qu'il ne soit pas impressionné par la locomotive.

La Libération

Quand les Allemands ont commencé à perdre la guerre, ils sont venus en nombre. Ils se sont mis à creuser des tranchées dans tout le pays, et notamment à proximité du village où j'étais, mais jamais dans le village. Ce n'était d'ailleurs pas eux qui maniaient les pelles : on les voyait parfois, parce qu'ils dirigeaient les travaux qui étaient opérés par des travailleurs forcés, des étrangers, des Espagnols, des Italiens. Je ne sais pas quel était leur statut, s'ils étaient prisonniers ou pas. À ce moment, je suis rentré chez les Putek, à Cracovie. Et la Libération, je l'ai vécue chez eux.

Vers la fin de la guerre, tout s'est passé assez vite. On a commencé à entendre des bruits sur les défaites allemandes. Une nouvelle fois, j'ai vu des avions passer, mais ce coup-ci au-dessus de Cracovie. Cela faisait le même genre de bruit, très bas et très distant. Et un jour, on a entendu l'alarme. Il a fallu descendre dans la cave qui était encore transformée en abri. Nous nous sommes trouvés avec d'autres gens qui passaient par hasard et avaient demandé à se réfugier avec nous. Je me souviens d'un ou deux hommes, et aussi de quelques femmes. Et on est restés enfermés là pendant, je crois, un jour et une nuit, ou deux jours et une nuit. Je ne me souviens pas exactement combien, mais assez longtemps. Il y a eu plusieurs alertes aériennes mais l'atmosphère était assez joyeuse. On attendait la Libération.

Dans cette maison n'habitaient que les officiers allemands. Certains avaient commencé à partir. La maison désormais était à moitié vidée des Allemands.

Il y avait une oie avec nous également. Ils lui ont coupé la tête et Mme Putek en a fait une soupe. Et dans la nuit – je ne sais pas exactement à quel moment c'était, de toute façon, là-bas, dans la cave, on ne savait pas si c'était le jour ou la nuit – quelqu'un a frappé sur la porte métallique de l'abri, qui était en haut d'une dizaine de marches. On a tous regardé vers cette porte, effrayés. Et finalement, Putek est monté pour ouvrir. Je crois que d'ailleurs, avant, la personne qui frappait a hurlé quelque chose en allemand. C'était une plaisanterie pour nous faire peur, mais en fait c'était le voisin, le concierge de l'immeuble d'à côté venu pour nous dire que les Allemands étaient partis et que les Russes étaient entrés dans Cracovie. Nous avons ressenti une joie phénoménale. Nous sommes ressortis de la cave et sommes montés dans les étages, parce qu'après l'abri dans lequel nous étions tous les uns sur les autres, on pouvait s'approprier n'importe quel appartement. La maison était complètement vide. Tous les Allemands avaient disparu, bien sûr. Lorsqu'ils avaient commencé à partir deux ou trois jours avant, on ne savait pas très bien pourquoi. En tout cas, moi, je ne savais pas pourquoi. Là, j'ai compris. C'était vide, ils avaient tout laissé : leur cognac, leurs vins, leurs conserves. Alors, pendant une courte période, on a été bien approvisionnés mais bientôt, il n'y avait plus rien à bouffer. Finalement, nous étions réduits à manger les bouts de pain que nous avions gardés pour les lapins que les Putek avaient dans un petit jardin, derrière la maison, avec une espèce de potager. Ce pain était vieux de, je ne sais pas, un an parfois. Je ne sais pas si les lapins aiment ça mais en tout cas, ils en mangent. Nous, on n'aimait pas ça. Mais après la guerre, on a connu des moments de grande faim.

Le dernier bombardement

On était libérés mais, malheureusement, une nuit, on a encore été bombardés par un avion allemand. Juste à côté de l'immeuble où nous habitions, il y avait des grandes casernes, avec toujours, devant, un garde allemand. Les Soviétiques les occupaient désormais, et une sentinelle gardait l'entrée. Quelques jours après la Libération, je me suis réveillé dans la nuit, je suis allé aux toilettes et j'ai entendu un avion. J'ai allumé la lumière. Il y avait encore le couvre-feu. Et je me suis dit : « On va voir ma lumière », même si la fenêtre des toilettes donnait sur une petite cour intérieure et qu'il était impossible de repérer la lueur de l'extérieur. Mais moi, j'imaginais le pire. Et à ce moment-là, j'ai été propulsé contre la porte, qui était en verre dépoli, j'ai volé à travers, et je me suis retrouvé dans le corridor de l'appartement que nous avions réquisitionné au troisième étage de cette maison. Je n'ai pas entendu de bruit, mais j'ai compris qu'on avait été bombardés. J'entendais les cris de M. et Mme Putek, de Mietek, des gens en bas. On a été plongés dans le noir total, couverts de terre. Il y avait plein de terre dans l'appartement. Nous avons descendu l'escalier dans le noir, avec la peur que l'escalier soit peut-être coupé quelque part. On ne voyait rien. On avait peur de tomber. Et finalement, nous nous sommes retrouvés assez bas pour pouvoir entrer de nouveau dans l'abri du sous-sol. Le lendemain, on a constaté que trois bombes étaient tombées. Une a touché la maison d'à côté, où quelques personnes ont été tuées. Elle était complètement éventrée. Notre maison avait été touchée par la même bombe, mais à peine en comparaison. Les deux autres avaient formé deux cratères dans la rue et toute la terre de cette explosion avait été propulsée à travers nos fenêtres. Elles étaient complètement éclatées. J'avais une énorme blessure sur l'avant-bras avec un bout de chair qui pendait. Ce n'était pas le *Schrapnel* qui m'avait blessé, mais le verre quand j'avais volé à travers la vitre. Le lendemain, je suis allé aux urgences qui avaient été improvisées dans les hôpitaux. Ils m'ont coupé le morceau de chair et bandé avec du papier. Il n'y avait pas de bandage en tissu.

La faim et les jeux

C'était la misère totale juste après le départ des Allemands. On avait faim… Il y avait les cuisines mobiles de l'armée qui distribuaient de la soupe ou du pain parfois, peut-être était-ce les cuisines des Soviétiques ou de l'armée polonaise qui avait été recréée en Union soviétique. La faim était générale, mais malgré ça, nous, les gosses, on jouait bien. Parce qu'il y avait énormément de munitions, surtout dans les baraques de cette caserne à côté de chez nous. Les sentinelles nous laissaient passer. On sortait de là-bas en emportant des bouts d'uniformes allemands, des objets. Moi, j'ai trouvé une sirène militaire à manivelle. Ils nous laissaient partir avec ça. Il y avait aussi des grandes surchaussures en paille qui servaient de bottes contre le froid pour les soldats, notamment pour les gardes. Nous, on sortait avec ça mais ce que les sentinelles ne savaient pas, c'est qu'elles étaient pleines de munitions, de grenades, de bouts de fusils. Et bien sûr, on jouait avec. Les accidents étaient courants. On avait aussi des fusées de toutes les couleurs, des fusées d'alarme, comment on les appelle. Et un jour, justement, alors que je jouais avec une grenade, je me suis vraiment fait peur. Juché sur un garage, je l'ai jeté au-dessus d'un mur, sur un terrain vague. Elle n'a pas explosé. Avec mes copains, on comptait les secondes, et finalement, au bout de trois ou quatre minutes, nous avons décidé d'aller voir ce qui se passait. Et juste pendant que nous faisions le tour, ça a sauté. C'est alors que j'ai arrêté. Mais je jouais quand même avec d'autres trucs. Une fois, je me suis même fait attraper par la milice. Je n'avais sur moi que des choses sans grande importance, ni pistolet ni grenade, ils m'ont laissé partir.

La fin de la guerre

Un jour, je suis en train de jouer dans la rue, j'entends : Remo ! Mes parents, quand je suis né à Paris, pensaient que Roman, en français, c'était Raymond. En fait, Roman, c'est Romain. Mais ils m'ont appelé Raymond et en Pologne, Raymond était prononcé « Remo ». J'ai détesté ça. J'étais toujours Roman, ou Romek, le diminutif de Roman. Et là, j'entends Remo ! C'était Stefan, un de mes deux oncles qui avait survécu. Il m'a vite repris de chez les Putek et avec ma tante, ils m'ont gardé pendant quelque temps.

Le 8 mai, la guerre était finie comme partout dans le monde. Je me rappelle ce jour parce que la jeune sœur de ma tante est arrivée avec un soldat polonais. Il était avec son fusil. Ça tirait dans tous les sens. Il y avait les gens qui exprimaient leur joie, et surtout, les soldats, en tirant en l'air. Nous étions sur un balcon au cinquième étage. Il m'a donné son fusil pour que je tire à mon tour. C'est un moment inoubliable, je n'avais pas douze ans, je m'en souviens encore. Avec le recul, je suis tombé en arrière. C'est comme ça que j'ai vécu la fin de la guerre.

Ensuite j'ai été repris par Dudek, mon deuxième oncle et sa femme, la mère de ma cousine. Ils habitaient avec les Horowitz, qui avaient survécu après leur internement dans le camp de Płaszów, près de Cracovie, grâce à la liste de Schindler. J'ai retrouvé alors mon jeune copain Richard Horowitz.

Ils habitaient tous ensemble dans un appartement de deux pièces, je crois. Mais même si on vivait les uns sur les autres, c'étaient des moments très joyeux pour tous. Pour ceux qui étaient vivants. Les gens commençaient à rentrer des camps de concentration.

Oncle Dudek, je crois qu'on a dit qu'il avait été *Kapo* au camp de Płaszów. Des personnes ont porté plainte contre lui. Je ne sais pas s'il l'avait été. Je le présume. Je ne sais pas quelle autre fonction il pouvait avoir. En tout cas, il y a eu un procès. J'étais bien sûr tenu hors de tout ça. Il a été condamné. En même temps, il a eu un accident cardiaque. Je me souviens être allé le visiter à l'hôpital avec ma tante et je crois qu'il était paralysé. Je n'étais pas ému par lui parce qu'il était très dur avec moi. Il me battait cruellement. J'étais un pauvre gosse orphelin, à qui on aurait pu excuser pratiquement tout ce qu'il faisait.

Le retour du père

Mes parents n'étaient toujours pas de retour. J'attendais ce moment bien sûr avec impatience. Je ne pensais qu'à ça. Et finalement, alors que j'étais chez mon oncle Dudek, un jour, je suis rentré à la maison, il y avait un homme assis à table dans la cuisine avec lui. Il buvait une vodka. C'était mon père. Il était bronzé. Il avait une espèce de veste de l'armée américaine. Il m'a pris sur les genoux. À ce moment-là, je connaissais déjà toutes les histoires sur les prisonniers des camps de concentration qui, libérés, revenaient souvent malades et mouraient. Bizarrement, la seule chose à laquelle j'ai pensé, quand j'étais sur les genoux de mon père, c'était s'il allait survivre, s'il n'avait pas de problème de santé, comme beaucoup ont eu. Je ne savais pas encore, à ce moment, que ma mère n'allait pas revenir. J'avais toujours encore de l'espoir. Mais au bout de quelques mois, nous avons su qu'elle était morte.

La Pologne et l'antisémitisme

Je suis attaché à la Pologne, c'est le pays où j'ai passé toute mon enfance et ma jeunesse. Et même tous ces problèmes d'antisémitisme, il faut les mettre en balance avec le fait que beaucoup de gens comme moi ont pu survivre grâce à des Polonais. Ce sont des choses qui s'équilibrent. L'antisémitisme en Pologne est dans un sens folklorique. Les Polonais ne se rendent pas compte de leur antisémitisme. Bien sûr, il y avait, pendant la guerre, ceux qui profitaient physiquement ou moralement de la misère des Juifs. Mais c'étaient des individus. On ne peut pas dire que la nation entière était concernée. Il y a quand même beaucoup de Polonais qui ont aidé les Juifs pendant la guerre [1].

1. Les premiers Juifs s'installent en Pologne au Xe siècle. La première vague d'émigration juive d'Europe occidentale date de la première croisade : en 1098, fuyant les exactions des croisés en route vers la Terre sainte, ils trouvent refuge en Pologne. Au XIIIe et au XIVe siècle ils obtiennent des privilèges exceptionnels (charte de Kalisz, statuts de Wiślica), contribuant à la croissance du royaume. Malgré des persécutions obscurantistes, la Pologne reste pendant deux siècles un asile pour les Juifs fuyant l'Europe occidentale. Vers 1550, 80 % des Juifs d'Europe se trouvent en Pologne, qui devient alors le centre culturel et spirituel du judaïsme. La situation se dégrade progressivement avec le

Je n'ai pas raconté à mon père ce que j'avais vécu : il le devinait. On ne parlait pas de ça. On n'avait aucune envie de parler de ces choses-là. On voulait aller de l'avant.

Si on m'interrogeait, je ne disais pas que ma mère avait été tuée par les Allemands. Pendant la guerre, durant la période chez Buchała, je vivais dans un monde très catholique. J'étais très séduit par les coutumes, les rites, la religion. J'étais pratiquement catholique. Après la guerre, les Juifs, en Pologne, avaient peur d'admettre qu'ils étaient

---

déclin du royaume des Deux Nations (polono-lithuanien), menant à sa disparition en 1795. Le sort des Juifs est particulièrement cruel sous l'Occupation russe, où l'assassinat du tsar Alexandre II mène à des pogroms (massacres, destructions) et à la naissance de l'antisémitisme moderne, symbolisé par *Les Protocoles des Sages de Sion* (1903), que fabrique la police russe. À la renaissance de l'État polonais, en 1918, et malgré une vague de pogroms sur les territoires polonais et ukrainiens, suite à la révolution bolchevique et les guerres qu'elle a engendrées, la population juive de Pologne compte toujours trois millions d'individus (recensement 1931 : trois millions cent trente mille cinq cent quatre-vingt-un), dont 12 % seulement parlent polonais. La vague d'antisémitisme provoque une vaste émigration vers les États-Unis, et ceux qui restent seront exterminés par les nazis (sur les six millions de victimes de la Shoah, deux millions sept cent mille seront des Juifs polonais).

juifs. Et comme ils étaient très assimilés, il y en avait beaucoup qui cachaient leurs origines. Ils ont continué. Personne ne posait la question. Après la guerre, quand j'étais à l'école primaire, je ne disais pas que j'étais juif. Et personne ne s'intéressait de savoir si j'étais juif. D'ailleurs, pendant une période, j'ai conservé le nom de Wilk. J'ai survécu à ce cauchemar grâce à la famille Putek, grâce aux paysans polonais et grâce à ce jeune *Baudienst* qui nous a laissés, le petit Stefan et moi, traverser la rue. Et je serai reconnaissant jusqu'à la fin de mes jours à ces gens-là de m'avoir, en fait, sauvé la vie.

Lettres à mon fils
de Ryszard Polanski

Voici la lettre de mon père, écrite en 1973, que j'ai mentionnée dans l'avant-propos.

Nos échanges ne manquaient jamais d'humour. Mon père avait un sens de l'humour acéré et ratait rarement une occasion de le manifester à mes dépens. Il avait bien sûr raison de me reprocher de ne pas l'appeler assez souvent, mais j'étais en plein tournage.

Cracovie, le 21 octobre 1973

Mon cher garçon !

Tu m'as provoqué ! Je dois donc te parler (même si ce n'est que par écrit) comme le feraient deux hommes adultes.

Non pas comme un père avec son fils, comme un homme âgé de plus de soixante-dix ans s'adressant à un jeune homme de quarante ans, en plein épanouissement intellectuel et créatif. Pas physique – je le souligne ! – car les gérontologues affirment que l'âge d'or physique chez un homme se situe entre vingt-six et vingt-sept ans.

Lis ma lettre plusieurs fois, pas quand tu es occupé, mais avant de te coucher, comme une lecture de chevet, puis mets-la de côté. Il arrive parfois qu'un homme soit saisi par ce qu'on appelle le *SPLEEN*, ou en polonais la *CHANDRA*. Quand cela t'arrive, prends la lettre de ton père, lis-la et rappelle-toi que cela pourrait être pire, et ça te passera immédiatement.

Tout d'abord, merci beaucoup pour ton invitation, que nous accepterons avec plaisir. Nous aimerions aller en Californie, en Suisse et en France pour voir nos proches et amis.

Lors de notre conversation, tu m'as dit deux phrases qui m'ont foutu en rogne. La première : « Chaque fois que je t'appelle, tu as la grippe. » C'est vrai ! Mais tu appelles si rarement, une fois par an ou même moins, que cela coïncide presque toujours avec ma maladie.

Mon père est mort à quarante-deux ans. Mon frère Bernard (Benek) à trente-huit ans. Mon frère Dudek à trente-huit ans. Ton père, lui, on dirait qu'on l'a égaré sur le registre des cieux.

Ta deuxième phrase : « Apparemment, papa, tu aimes à être malade. » Je n'ai jamais rencontré dans ma vie quelqu'un qui aime être malade.

Permets-moi de te dire, jeune homme, qu'un dur à cuire comme ton père, tu ne l'as jamais été, tu ne l'es pas, et tu ne le seras jamais. Je ne dis pas par là que j'ai été un athlète ou un haltérophile, mais j'étais physiquement et organiquement résistant à toutes les épreuves, comme peu le sont. Je vais te le décrire en détail.

Comme je l'ai déjà mentionné, tu as atteint tes quarante ans, une belle période pour un homme. Quand j'avais ton âge, c'était en 1943, et mon fils avait dix ans. Mon enfant traînait sur des paillasses chez des étrangers, et son père pourrissait dans un camp de concentration.

Mon chemin vers Mauthausen

On nous a chargés par cent vingt-cinq hommes dans chaque wagon à bestiaux. La minuscule fenêtre au sommet du wagon était obstruée de fil de fer barbelé, la porte coulissante était scellée. Au milieu du wagon se trouvait un seau en métal (comme nos poubelles en fer-blanc) où cent vingt-cinq mecs faisaient leurs besoins.

Nous avons voyagé quatre nuits et trois jours (car on s'arrêtait souvent sur des voies de garage), et comme nous étions en plein mois d'août, et que les wagons étaient surchargés de chair humaine et d'excréments, la puanteur était incroyable.

À une station quelconque, je ne sais pas qui en a pris l'initiative, les gardes ferroviaires se sont mis à balancer des torrents d'eau sur les toits des wagons. Par cette minuscule fenêtre, nous pouvions voir le wagon voisin s'évaporer (on ne voyait pas le nôtre) – littéralement, comme s'il était en feu.

Une fois par jour, les portes s'ouvraient et, sous la surveillance des SS, on nous donnait une louche de ce qu'ils appelaient de la soupe, et une petite tranche de pain. Je me souviens qu'à une certaine gare nous sommes restés à l'arrêt pendant très longtemps et que, désespérément, nous avons hurlé depuis le wagon : « *WASSER ! WASSER*[1] *!* » La porte s'est ouverte et un SS est apparu. « Où voulez-vous que je vous en trouve ? » demanda-t-il. « Il y a un château d'eau en face, d'où les cheminots tirent de l'eau. Alors prenez vite votre seau et allez en chercher. »

En toute hâte, quatre mecs ont pris le seau plein de merde, l'ont vidé dans un fossé, l'ont vaguement frotté à la main, car pas moyen de faire autrement, et ont apporté de l'eau à boire. Nous nous sommes jetés dessus comme sur une source magique, chacun a plongé sa gamelle crasse dans le seau aromatique, et a lapé la flotte à pleines gorgées. Ah, quel nectar divin ! Au bout d'un moment, l'eau avait disparu, et le seau avait repris sa fonction d'origine.

Je m'étais assez bien installé, d'une certaine façon. Il y avait une petite fissure de l'autre côté

1. De l'eau ! De l'eau.

de la porte coulissante (scellée à l'extérieur), j'y ai collé ma tête et j'aspirais l'air qui entrait par la fente. J'ai replié mes jambes sous moi, et je suis resté accroupi comme ça, jour et nuit. Je faisais pipi par la fente, et je n'ai pas fait ma grosse commission jusqu'à la fin.

Lorsque nous sommes arrivés à Mauthausen, il y avait dans chaque wagon plusieurs cadavres, parfois plus d'une douzaine. Dans le nôtre, il n'y en avait que six. Mais je me souviens d'un SS qui, à l'autre bout du quai, renseignait un autre SS qui notait le nombre de survivants : « Plus que deux survivants dans celui-là ! » C'est-à-dire que cent vingt personnes avaient suffoqué – étaient mortes d'une façon ou d'une autre. On l'appelle comme on veut : ils étaient libres !!!

Après avoir été déchargés des wagons, nous avons parcouru encore quelques kilomètres à pied, en pente montante, car le camp était situé sur une colline granitique. Et c'est cette colline que les prisonniers taillaient en pièces : c'était ce qu'on appelle une carrière.

On m'a déshabillé. Je suis allé aux douches. Nous étions une douzaine par douche. Il n'était pas question de se laver, tout juste de s'asperger. On m'a coupé les cheveux « à zéro » avec une tondeuse. Au milieu de ma tête, du front jusqu'à l'arrière, une bande de la largeur de deux doigts a été rasée jusqu'à l'os. Avec un rasoir émoussé comme un morceau de fer, et sans savon, on m'a rasé les poils sur ma poitrine, sous mes bras et autour de ma queue. On m'a donné un long pantalon bleu à rayures blanches, comme la chemise, avec juste un col de trois centimètres de haut, et deux rubans sur le devant pour l'attacher. Pieds nus ! Pas de chaussures ! C'était ma tenue de camp.

Le lendemain, j'ai croisé mon frère Benek. Je ne savais pas que lui aussi était là. Il m'a montré ses jambes et m'a dit : « Regarde ! » Les pieds étaient enflés jusqu'aux chevilles, comme une citrouille bleuâtre. Son cœur s'était déjà déglingué.

Le jour suivant, un bol de soupe à la main, j'ai cherché un endroit où m'asseoir. J'ai vu quelques hommes assis sur le béton, dos contre le mur. Je m'approche et je vois parmi eux l'oncle Woller ; le bol est sur le béton à côté de lui. Je m'avance vers lui et lui dis : « Mon oncle ! Pourquoi tu ne manges pas ta soupe ? » Je vois ses yeux verts (c'était leur couleur) – vitreux ! Regard perdu dans le lointain ! Comme si un corps sans âme était assis là, et il dit : « Mundziu [1], c'est fini ! » Et une deuxième fois : « Mundziu, c'est fini. »

Et je ne les ai jamais revus de ma vie, ni l'un (Benek), ni l'autre (Woller).

Le travail

Quatre cents – quatre cents hommes, moi compris, ont été affectés aux carrières. Nous formions quatre groupes de cent hommes chacun. Chaque centaine était suivie par deux hommes munis de brancards, les *Leichenträger* – « porteurs de cadavres ». Le travail se faisait au pas de course. Nous descendions cent quatre-vingt-six marches jusqu'à la carrière et remontions cent quatre-vingt-six marches à la surface [2]. Nous remontions avec une pierre placée sur la nuque et les omoplates. Nous faisions quatre tours de ce genre le matin et quatre tours l'après-midi, soit mille cinq cent huit

1. Le prénom d'origine de Polanski père était Maurycy (diminutif « Mundziu »). Il n'a adopté le prénom Ryszard qu'en 1945.

2. Voir photographie, p. 109.

marches vers le bas et mille cinq cent huit marches vers le haut, déjà avec la pierre. Pour ne pas me faire remarquer, je prenais tout de suite une grosse pierre sur la nuque, car les porteurs de cadavres n'avaient pas le droit de remonter sans un corps. Quatre cadavres revenaient à chaque fois, ce qui faisait trente-deux cadavres par jour sur les huit tournées. Dès le lendemain, on comblait le déficit par de nouvelles personnes.

Ce qui me gênait le plus, c'était l'eczéma. Aux endroits où j'avais été rasé, c'est-à-dire la poitrine, les aisselles et « en bas », les poils commençaient à repousser, me piquaient sans pitié, formaient des pustules et me démangeaient terriblement. Avec le temps, les poils repoussant (lentement), les boutons ont disparu.

Le camp était subordonné directement à Himmler. Comme c'était un rusé renard, pour nourrir les rangs des SS et des gardiens des camps, il libérait des prisonniers, meurtriers condamnés à de longues peines de prison, à vie. Chacun recevait une cravache en cuir de deux mètres de long, qu'il déchiquetait sur nos dos.

Délivrance de la carrière

Un jour, un transport allait partir vers un autre camp (un sous-camp) appartenant également à Mauthausen, appelé Linz III. Sans tenir compte du fait que j'appartenais à un autre groupe (celui des carrières), je me suis faufilé dans la baraque où l'on délivrait les vêtements. On m'a donné un pantalon et une chemise rayés, une casquette ronde assortie, une chemise de bure, blanche et sale, une sorte de caleçon court en lambeaux, et une paire de sabots en bois pour mes pieds nus. Dès que le wagon a démarré, j'ai été submergé par un grand bonheur : celui de me libérer de la carrière. Nous nous sommes arrêtés à neuf kilomètres de Linz, dans un petit camp de quinze mille têtes [1]. La ville s'appelait Kleinmünchen. Je suis entré dans le baraquement n° 5 qui abritait deux cents, et parfois deux cent cinquante prisonniers. Les lits superposés, à deux niveaux, avaient quatre-vingts centimètres de largeur, pour deux. J'ai obtenu la place en haut, à partager avec un autre, mais ces autres n'arrêtaient pas de mourir, et à chaque fois j'écopais d'un nouveau. Literie : matelas plat, rempli de paille (dix

1. Le camp Linz III, ouvert le 22 mai 1944 et libéré le 5 mai 1945, comptait (d'après les sources actuelles) environ six mille prisonniers.

brins d'herbe…), petite tête de lit pour deux, paille aussi, et une couverture grise, sale, également pour deux.

Travail

J'ai été assigné aux H.G.W. (à savoir Hermann Göring Werke). Je n'étais pas affecté au hall de l'usine, mais aux tâches extérieures, et ma première corvée était de mélanger du béton. Comme il n'y avait pas de bétonnière, c'est-à-dire pas de tambour pour mélanger le béton, nous le faisions à la main. Le groupe était composé de trois personnes. Après avoir déversé quatre sacs de ciment sur le sol, on y ajoutait une certaine quantité de sable et de petits cailloux de rivière. Nous étions dirigés par un contremaître civil allemand, qui y versait de l'eau à l'aide d'un arrosoir, comme pour arroser les fleurs, ou, en Pologne avant la guerre, les trottoirs. Nous devions pelleter ce mélange très rapidement, pour éviter qu'il ne durcisse, et plus nous remuions, plus le travail devenait difficile, car le ciment se faisait plus dense.

Plus tard, on nous a ordonné de décharger, également à trois, du charbon en poudre, ce qui n'était en fait que de la poussière de charbon. Le wagon en contenait quinze tonnes et le SS nous donnait une heure pour le vider. On le faisait avec des pelles, et très loin du wagon, afin d'éviter que la moindre poussière ne tombe accidentellement sur les rails.

J'étais en sueur. J'étais couvert d'une masse noire et collante épaisse d'un centimètre, et je ne saurais te dire combien j'en avais dans les poumons.

Puis je déchargeais des sacs de ciment. Je prenais un sac de cinquante kilos, le mettais sur mes épaules et autour de ma nuque, et le portais sur deux cents à trois cents mètres, et là, sous une sorte de voûte, on les empilait. Une fois, un fils de pute de SS n'a pas apprécié quelque chose et m'a arrêté, en ordonnant à un autre porteur de m'en mettre un second sur le dos, en disant : « Puisque tu le fais si bien. »

Bon sang de bonsoir ! C'en était trop. Je marchais courbé, très lentement pour ne pas tomber. De ma main gauche je tenais les sacs, et de ma main droite, dans la poche du pantalon, je poussais mes tripes pour qu'elles restent bien à l'intérieur ! J'ai oublié de dire que, dans la carrière, en soulevant une grosse pierre, je m'étais pété l'aine droite, et j'ai eu une hernie que je traîne encore aujourd'hui. En portant un tel poids, je sentais carrément mon intestin sortir de l'abdomen.

Ne courez pas ! Marchez !

J'ai porté ce poids plusieurs fois. Finalement, j'ai pris mon courage à deux mains, je suis allé voir le SS et je lui ai dit : « Écoutez, monsieur, avec deux sacs, je vais très lentement. Avec un seul, j'irai beaucoup plus vite que les autres, et je transporterai plus encore que les autres. » Il a mordu ! Il fallait juste que je coure comme un possédé, de peur que ce fils de pute ne s'en prenne à nouveau à moi.

La vie au camp

Pendant toute la durée de mon séjour au camp, on ne m'a pas donné d'autres vêtements, et ceux que j'avais sur moi n'étaient que des lambeaux de vêtements sales, graisseux et pleins de poux. Comme les sabots me faisaient des trous dans les pieds, j'enveloppais mes pieds dans du papier arraché aux sacs de ciment. Le travail au camp durait douze heures par jour. Une semaine le jour, l'autre semaine la nuit. Par un heureux hasard, je me suis finalement trouvé à l'intérieur du hall, où le travail était déjà plus léger.

Lorsque deux cents corps sales, puants et grouillants de poux, dorment dans un baraquement en bois, on peut imaginer l'air qu'ils respirent.

Printemps, été, automne, hiver – à cinq heures du matin, le gong retentit et tout le monde se levait de son pieu. Les fenêtres étaient ouvertes en grand. Il y avait un courant d'air, une tornade ! Un véritable cyclone. Nous sortions tout nus des baraquements (en file) pour nous rendre aux latrines, puis au *Waschraum*, la « salle de lavage ». C'était un baraquement où deux types tenaient des tuyaux en caoutchouc et nous aspergeaient d'eau froide. Comme le concierge arrose le trottoir ou le jardinier sa pelouse. C'est ainsi que, trempés, nous courions les trois cents mètres qui nous séparaient des baraquements, où nous nous essuyions avec un morceau de chiffon sale appelé serviette. Comme les automnes sont pluvieux, après cette course j'avais les jambes, le dos et la nuque couverts de boue. Je m'essuyais avec la serviette et c'était chouette.

Ce n'était pas pour qu'on soit propres, aucun Allemand ne s'en souciait, mais pour en finir avec nous le plus vite possible, et en quantité. Le même « arrosage » avait lieu le soir, après le retour de l'usine. L'usine était située à deux kilomètres du camp, et nous faisions un aller-retour à pied tous les jours.

Après cette « toilette » matinale, nous mettions rapidement nos haillons, prenions notre petit-déjeuner (toujours debout) et courions jusqu'à l'*Appellplatz*. On nous y faisait poireauter debout pendant des heures. Qu'il fasse chaud, qu'il pleuve ou qu'il gèle. Comme les Allemands étaient et sont toujours très méticuleux, il fallait deux, trois ou quatre heures pour calculer le nombre des *Häftling* (détenus). Chaque SS gérait plusieurs blocs. Chaque chef de bloc lui rapportait son effectif de prisonniers, qu'il notait et il transmettait le total au *Rapportführer*. Celui-ci notait le nombre total de présents à l'appel : le nombre de ceux qui allaient travailler, le nombre de ceux au bloc-hôpital (*Revier*), le nombre de cadavres à la morgue, qui devaient être transportés au crématorium de Mauthausen, et tout cela lui donnait l'effectif du camp. Comme il avait du mal et que le compte n'y était pas, nous restions debout, encore et encore – pendant qu'il recomptait et recomptait, jusqu'à ce qu'il y arrive enfin. Une fois le décompte terminé, il faisait son rapport au commandant du camp (un Autrichien de soixante-cinq ans, ancien directeur d'une banque à Vienne, nommé Szeperle [1] – le fils de pute n'est plus de ce monde),

---

1. *Obersturmführer* Karl Schöpperle (1891-1948). Originaire en réalité de la Forêt-Noire, il était architecte et

et ce n'est qu'à ce moment-là que nous sortions en formation serrée pour travailler, en martelant le sol avec nos sabots.

En mars 1945, trois Russes se sont échappés de notre « équipe ». Leur évasion était d'avance vouée à l'échec. Primo : ils ne parlaient pas allemand. Secundo : ils portaient des pyjamas rayés. Tertio : ils avaient des « bandes » rasées sur la tête. L'ordre a été donné de nous tenir tous dans un champ à côté de l'usine jusqu'à ce qu'on les rattrape. Et nous sommes restés là pendant quarante-huit heures. Sans sommeil, sans nourriture, sans une goutte d'eau. Quiconque tombait d'épuisement était abattu sur place, et on entassait les corps sur le côté. Comme il faisait froid, on nous a fait grâce de nous tenir en rangs réguliers, nous formions donc des « tas » de quinze ou vingt personnes, serrées l'une contre l'autre dos à dos. Il y en avait toujours un qui restait un moment au milieu, puis il sortait dehors et un autre s'y abritait. Au final, les Russes ont été capturés et pendus, et nous sommes retournés dans nos baraquements. La cérémonie de la pendaison – ben voyons ! Elle s'est

directeur d'une école professionnelle. Commandant de plusieurs camps-satellites de Mauthausen, Linz III sera son dernier. Condamné le 23 juin 1947 par le tribunal militaire américain à Dachau, il sera pendu en 1948.

déroulée en grande pompe, tout le monde devait être présent et regarder.

Mon menu

Comme je l'ai dit plus haut : le matin, une louche de café quasi noir et une tranche de pain, à midi, un bol de soupe (que Dieu lui pardonne), et le soir, une louche de café. Une fois tous les quatorze jours, une demi-motte de margarine. Aucun porc qui se respecte n'a mangé autant d'épluchures que moi. En novembre et décembre 1944, ainsi qu'en janvier, février, mars, avril et jusqu'au 5 mai 1945, ma nourriture principale était constituée d'épluchures de pommes de terre.

Je les achetais, pour une demi-cigarette, à ceux qui épluchaient les patates dans la cuisine. Plus d'une fois, et à mon très grand regret, elles étaient trop fines. Des cigarettes, je les recevais en prime pour mon bon travail. Le samedi, l'*Oberkapo* marquait « bon pour la prime », et on les distribuait le dimanche. On me donnait parfois trois cigarettes, parfois cinq cigarettes, et très souvent rien du tout.

Dans les premiers mois de 1945, j'ai eu des phlegmons ! Tu te demandes ce que c'est ? Eh bien, sur une jambe et sur l'autre, sur mes mollets, des trous de la taille d'une montre-bracelet sont apparus, dont coulait un pus épais de couleur jaune-vert. Un peu comme ce lubrifiant liquide utilisé pour graisser les axes des voitures. Je ne suis surtout pas allé au *Revier* (la baraque-hôpital), Dieu m'en garde. J'arrachais du papier des sacs de ciment, car ces sacs sont faits de plusieurs couches. Je jetais la première, la plus cimentée, et j'enveloppais mes blessures avec les suivantes, en enroulant du fil d'aluminium autour de ma jambe. Et puisque j'avais une quantité infinie de poux, ils s'installaient dans ces plaies, car il y faisait chaud et il y avait des choses savoureuses à manger.

Plusieurs fois par jour, je déballais le papier et, avec un petit bâton propre, je jetais les poux hors des plaies, et ainsi de suite – *da capo.* Et le soir, avant d'aller au lit, et plutôt que de m'offrir une courte séance de lecture, j'organisais une chasse aux poux qui pullulaient dans ma chemise, mes vêtements, mon corps, mes cheveux, mes oreilles, et partout où tu peux imaginer. J'attrapais à chaque fois cent, cent vingt, cent cinquante poux de différentes couleurs et tailles. Comme mon corps s'affaiblissait à cause du manque de vitamines, et qu'il résistait de moins en moins bien au froid, je me suis fabriqué un gilet avec un sac de ciment.

Tout comme un chevalier médiéval qui portait une cotte de mailles en acier. J'ai coupé le sac par les côtés, je l'ai raccourci et ai découpé un trou ovale pour ma tête. Aujourd'hui, je porte un gilet, à l'époque, je mettais un sac pour du ciment pardessus ma chemise. Cela protégeait la poitrine et le dos, et les côtés étaient à l'aise, rien n'entravait ma liberté de mouvement.

Soudain, une idée me vient à l'esprit. J'ai tellement couru tout nu sur divers *Appellplatz*, que je devrais au fond rejoindre le club des naturistes.

Mais pendant tout ce temps je n'ai jamais attrapé un seul rhume.

« L'escalier de la mort » du camp de concentration nazi de Mauthausen en Autriche.
© Interfolio/LA COLLECTION

Ce n'est que très récemment que j'ai découvert la photo de « l'escalier de la mort » de Mauthausen décrit par mon père dans sa lettre.

En 2002, j'étais en Israël avec mon équipe pour y présenter *Le Pianiste*. À cette occasion, nous avons été invités par l'Institut Yad Vashem. Son directeur m'a alors confié que, malgré le temps écoulé, des témoignages et des documents de cette époque continuaient à leur parvenir. Parmi eux figurait, par exemple, le fichier complet des détenus de Mauthausen, récupéré par l'armée britannique qui avait participé à la libération du camp. Le directeur nous a conduits aux archives où l'immense fichier était soigneusement classé par nationalités et dans l'ordre alphabétique. Deux cent mille prisonniers sont passés par Mauthausen, dont quatre-vingt-dix-mille ont été assassinés. On a immédiatement trouvé la fiche de mon père. J'étais sidéré par l'élégance et la précision administrative dont ces documents témoignaient. Je notais que mon père avait falsifié sa date de naissance – il s'était rajeuni de six ans – et sa profession : il s'était prétendu serrurier.

KL.:

Häftl.-Nr.: 86842 Pole Jude

Häftlings-Personal-Karte

Fam.-Name: Liebling
Vorname: Maurycy
Geb. am: 28.9.09 in: Krakau
Stand: verh Kinder:
Wohnort: Krakau Zielonastr 25
Strasse:
Religion: mos Staatsang.: Polen
Wohnort d. Angehörigen: Frau Bula geb Katz w.o.
Eingewiesen am: 10.8.44.
durch: Plaszow
in KL.: KLM
Grund: Pole Jude
Vorstrafen:

Überstellt

am: ______ an KL.
am: ______ an KL.
am: ______ an KL.
am: ______ an KL.
am: ______ an KL.
am: ______ an KL.

Entlassung:

am: ______ durch KL.:
mit Verfügung v.:

Personen-Beschreibung:

Grösse: 166 cm
Gestalt: schl
Gesicht: längl.
Augen: braun
Nase: eingeb.
Mund: voll
Ohren: norm
Zähne: lück.
Haare: schwarz
Sprache: poln. dtsch franz.
Bes. Kennzeichen:
Charakt.-Eigenschaften:
Sicherheit b. Einsatz:
Körperliche Verfassung:

Strafen im Lager:

Grund:	Art:	Bemerkung:

KL/8/s. 44-500000

Erlernter Beruf: Schlosser
zuletzt ausg. Beruf:
Arbeitsbuch Nr.:
Berufsgruppe:
Ausgebildet in der Zeit ______ (Ausbildungslehrgang)
als ______ im KL.

Eingesetzt

	vom	bis	als	bei
1.				
2.				
3.				
4.				
5.				
6.				
7.				
8.				
9.				
10.				
11.				
12.				
13.				
14.				
15.				
16.				
17.				
18.				
19.				
20.				

La lettre de mon père que vous venez de lire m'a fait, on s'en doute, une très forte impression. J'ai surtout senti qu'il aurait été dommage de s'en tenir là. J'ai donc demandé à mon père d'écrire la suite. Il ne le souhaitait pas. J'ai insisté : je lui ai proposé de le payer. Il a souri : « ça commence à m'intéresser. » Il s'est remis au travail.

Conformément à ta demande, je vais coucher sur le papier une nouvelle série de souvenirs que me dicte ma mémoire, pour compléter le travail entamé en Californie, en janvier de cette année.

Lorsque nous sommes rentrés en Pologne en 1937, nous avons d'abord habité, avec ma mère et mes frères, au numéro 25 de la rue Sarego.

Après un certain temps, nous avons loué un appartement rue Urzędnicza [1], et lorsqu'en 1939 la situation était devenue précaire, et que cela sentait déjà la guerre, nous avons quitté cet appartement pour nous réinstaller chez ma mère.

Cette dernière disait toujours : « C'est la guerre, nous ferions mieux d'être ensemble. »

---

1. Roman Polanski ne se souvient pas de la rue Urzędnicza, mais se rappelle, dans les moindres détails, un appartement de la rue Komorowskiego, à un autre endroit de Cracovie.

Au cours du premier trimestre de 1939, Annette a déménagé à Varsovie.

Elle est allée vivre chez sa tante, c'est-à-dire la sœur de ta maman.

Elle a d'abord travaillé dans un bureau en tant qu'auxiliaire, puis elle a fait de la figuration dans plusieurs films de Misha Waszyński [1].

Comme c'est souvent le cas dans la vie, la coexistence entre la belle-fille et la belle-mère, à savoir mon épouse et ma mère, ne s'était pas bien passée, si bien que ta maman et moi avons décidé d'aller à Varsovie.

Quelques mois plus tôt, je m'étais rendu à Varsovie où j'avais loué un appartement dans une maison nouvellement construite, dont la plomberie n'était pas encore achevée.

La propriétaire de l'immeuble était censée m'informer par écrit, à Cracovie, de la fin des travaux et de la possibilité d'emménager.

Elle ne l'a jamais fait, car lorsque le 1er septembre 1939 la guerre a éclaté, la nation polonaise s'est dispersée comme une volée de pigeons attaquée par un faucon.

Je n'ai jamais récupéré mon acompte, et lorsque je suis venu à pied de Lublin à Varsovie, j'ai trouvé

1. Michał Waszyński, né Mosze Waks (1904-1965), acteur et cinéaste polonais.

maman, toi et Annette dans une maison inachevée, sans meubles ni équipements.

Nos meubles, entièrement neufs, bel ameublement pour trois pièces et cuisine, déposés à Cracovie dans les entrepôts de la société Hartwig, avaient été saisis par les Allemands (à savoir les SS).

En tout état de cause on aurait tout perdu, puisque les Juifs polonais ont perdu non seulement leurs biens, mais aussi leur vie.

Après ton départ pour Varsovie avec maman, je suis resté avec mes frères à Cracovie.

Lorsque je vous ai accompagnés à la gare de Cracovie, après vous avoir difficilement installés dans un wagon bondé, maman m'a dit : « Est-ce que je te reverrai encore dans cette vie ? »

On pensait qu'en cas de guerre, Varsovie, en tant que capitale, serait la mieux défendue et la moins menacée en comparaison des autres villes polonaises.

Or, le 1er septembre 1939, dès cinq heures du matin, toutes les grandes villes de Pologne ont été bombardées simultanément, et avec une telle efficacité que la guerre était perdue dès les premières heures des raids aériens.

Aérodromes, gares, chemins de fer, communications, tout a cessé d'exister et la poursuite des combats, la résistance et les escarmouches locales, n'étaient pour les Allemands qu'une question de finition – une procédure cosmétique.

Vous envoyer à Varsovie était donc malavisé, inutile. Encore une décision irréfléchie.

L'avancée rapide de l'armée allemande dans les profondeurs de la Pologne a créé la panique et une psychose de fuite chez des millions de personnes.

Direction est : le 3 septembre 1939, moi et mes frères, Benek et Stefan, nous quittons la maison, laissant maman seule, et partons à pied à travers la Pologne.

La veille, Dudek, mon troisième frère, était parti avec Tosia et Roma.

Ils sont partis sur leur charrette à cheval, car son beau-père avait une boulangerie, avec des chevaux et des charrettes pour distribuer le pain.

Ils sont rentrés à Cracovie à pied, sans cheval ni charrette. Le cheval était mort, personne n'était capable de tirer la charrette, ils n'ont donc pas eu d'autre choix que de la laisser sur la route. Ce n'était qu'une charrette en bois.

Toute la route, de Zaleszczyki [1] jusqu'à la frontière roumaine, était encombrée des voitures les

1. Zalichtchyky, en 1939 localité dans le sud-est de la Pologne, aujourd'hui en Ukraine, devenue proverbiale : c'est par là que se sont enfuies vers la Roumanie les élites polonaises.

plus élégantes, chargées de valises et de vêtements de luxe.

Et chaque voiture avec une clé sur le contact.

Notre gouvernement fuyait vers la Roumanie, mais rares étaient ceux qui avaient pensé à prendre assez d'essence.

D'autres ont sauvé leur vie en laissant tout derrière, et en courant à pied, juste pour passer la frontière et éviter de tomber entre les mains des Allemands.

Nos propres bagages comprenaient un pantalon, une chemise, une serviette, deux paires de chaussures de rechange et des outils de rasage.

Voilà à quoi ressemblaient les possessions d'un fugitif. Benek, qui était plus prudent et avait pris plus de choses, s'en est progressivement débarrassé en cours de route.

Lors de la dernière étape de la vadrouille, il ne nous restait que la paire de chaussures sur nos pieds, car nous avons jeté les chaussures de rechange.

Nous avons marché nuit et jour, jusqu'à l'effondrement, jusqu'à l'épuisement extrême.

Direction : Proszowice, Kazimierz Wielki, Staszów, Tarnobrzeg, Nisko, Zawichost, Janów Lubelski, Kraśnik, Lublin.

Affamés ! Sales ! Mal rasés ! En sueur ! Puants !

Une chaleur comme celle de septembre 1939 n'avait pas été enregistrée depuis des décennies.

Nous dormions dans les bois, ou dans des fossés au bord de la route, sous le feu constant des mitrailleuses des avions allemands en piqué.

Des milliers de personnes sont mortes sur la route, d'épuisement, de dysenterie et de blessures par balles.

Une psychose collective de fuite s'était installée.

Il fallait s'éloigner le plus possible des troupes allemandes – avant d'être fusillé, emmené dans des camps, etc.

Hélas, il s'avéra plus tard que ceux qui sont restés à la maison s'en sont mieux sortis.

Après avoir marché pendant plusieurs jours et plusieurs nuits blanches, je me suis mis à délirer.

Je marchais en titubant, voyant constamment devant moi un gouffre imaginaire – je tombais dedans, dans les profondeurs, jusqu'à ce que je tombe vraiment dans un fossé à la lisière de la forêt.

Je ne saurais dire combien de temps j'ai dormi, avec mes deux frères à mes côtés et deux autres jeunes garçons de Katowice, cooptés en cours de route.

Des dizaines de milliers de personnes passaient le long de la route, comme des vagues d'un fleuve en crue, et pour nous, le monde n'existait pas.

Nous étions complètement dévorés par le manque de sommeil et la fatigue.

En marchant ainsi pendant plus de quatre cents kilomètres, nous avons finalement atteint Lublin.

Nous avons occupé, à cinq, un ancien appartement juif abandonné dans la rue Lubartowska.

Le plus extraordinaire dans tout cela, c'est que les propriétaires ont quitté Lublin pour fuir les Allemands, alors que nous avons fui Cracovie pour prendre possession de leur appartement.

Au moment où j'écris ces mots, je pense encore à ces énormités que les gens faisaient, et moi avec eux.

Nous avons pris l'appartement le soir, mais n'avons pas fermé l'œil de la nuit.

On n'avait pas dormi depuis quinze jours, et pourtant aucun de nous ne s'est couché. Nous sommes restés assis, nous attendant à tout moment à un coup d'artillerie.

C'était la nuit où les Allemands s'emparaient de Lublin, et la bombardaient en permanence avec des canons de différents calibres.

Pour nous, la fuite était déjà futile : il ne restait plus une seule ville qui ne soit déjà occupée par les Allemands.

Avant d'atteindre Lublin, nous sommes passés par Zamość, laissant d'abord Lublin de côté.

Une fois dans la banlieue de Zamość, nous avons découvert que la ville était déjà occupée par les troupes allemandes.

Il ne nous restait plus qu'à faire demi-tour et à remonter vers Lublin, qui était encore libre.

Au matin, après un bombardement de Lublin qui a duré toute la nuit, les troupes allemandes sont entrées dans la ville.

Voilà un fait pour illustrer l'ampleur de l'abrutissement et de l'obstination des hommes.

Le matin, vers cinq heures, nous avons entendu tous les locataires de l'immeuble descendre les escaliers en courant.

Nous sommes sortis en courant nous aussi. Un groupe de personnes, locataires de l'immeuble, s'était formé devant la porte cochère.

De loin, dans la brume du matin, nous pouvions voir l'armée allemande en ligne d'attaque, fusils à la main, canons pointés vers l'avant, prêts à tirer ; c'est ainsi que l'on prend une ville.

Soudain, dans notre groupe, un homme sérieux, d'environ cinquante-cinq à soixante ans (j'avais trente-six ans à l'époque) a crié : « Oh, doux Jésus, c'est les Français qui viennent à notre aide ! »

À ce moment-là, j'ai entendu un officier allemand ordonner « *Alle Männer in Konzentrationslager !* » – ce qui signifie « tous les hommes au camp de concentration ».

J'ai crié immédiatement « Les gars, on se casse ! » et nous avons filé dans la cave de l'immeuble.

Par malchance (nous ne le savions pas), l'immeuble avait une cour immense, monstrueuse.

Comme la moitié de la place du marché [1] de Cracovie, et pour couronner le tout, une large porte cochère.

Au bout d'un moment, nous avons entendu le grondement des charrettes, les chevaux et les soldats, qui avaient établi leurs quartiers dans cette même cour.

Un garde armé d'un fusil fut immédiatement posté devant l'entrée pour contrôler les déplacements des habitants.

Nous sommes restés dans la cave pendant plusieurs heures.

J'ai fini par dire : « Les gars, ce n'est pas la peine de rester ici comme des rats, on va mourir de faim. »

---

1. *Rynek Główny* (marché principal) : célèbre, immense place au centre de Cracovie.

J'ai monté les marches de la cave jusqu'à la sortie, et j'ai vu par le trou de la serrure les soldats qui se lavaient dans la cour, d'autres qui nettoyaient leurs chevaux ou encore leurs bottes.

Un calme relatif, la première rafle étant apparemment terminée.

Vu que je ne m'étais pas rasé une seule fois pendant toute la vadrouille, j'avais une barbe assez importante.

Dans l'obscurité, j'ai sorti de ma besace les outils de rasage, j'ai pissé un coup dans la cuvette, et j'ai savonné mon visage envahi par la barbe.

Le rasage s'est fait au pif, sans miroir, au toucher, en direct, mais j'ai réussi à me débarrasser de la barbe.

J'ai essuyé le visage avec ma propre chemise, à sec, sans rincer, et j'ai quitté la cave.

Une sentinelle m'accoste : « Vous êtes qui ? » (en allemand). J'ai répondu : « J'habite ici », et je suis sorti dans la rue.

Au bout d'un moment, je suis rentré.

Et comme c'était un grand immeuble en forme de quadrilatère avec une immense cour (comme je l'ai dit), on était nombreux à entrer et sortir.

Je suis immédiatement descendu dans la cave, et j'ai emmené mes compagnons de misère à l'étage, dans l'appartement.

Nous nous sommes fait un bon petit-déjeuner, car, comme il ressortait de nos recherches, les propriétaires avaient accumulé d'amples stocks en prévision de la guerre.

Je ne pense pas qu'ils aient jamais imaginé qu'il leur faudrait abandonner tout ça et partir pour un tour d'absurde errance.

À propos : la même situation allait se produire quelques mois plus tard en France.

Des millions, littéralement des millions de personnes ont abandonné leurs biens et leurs maisons, en fuyant, paniquées, devant l'avancée des troupes allemandes.

Les routes étaient tellement encombrées de civils que toute marche de troupes était impensable.

Après le petit-déjeuner, nous avons quitté, un par un et à intervalles réguliers, les murs hospitaliers d'un appartement dont le propriétaire nous était inconnu.

Il nous fallait chercher une autre tanière, sans grande cour cette fois.

Plus tard dans la journée, nous avons emménagé dans un trois-pièces rue Chopin.

Je ne suis pas en mesure de dire aujourd'hui comment nous avons repéré cet appartement.

On est restés à Lublin pendant un certain temps, c'est-à-dire jusqu'à ce que les Allemands s'emparent de Varsovie et liquident les restes de l'armée polonaise qui traînaient encore.

Lorsque le retour de dizaines de milliers de personnes dans leurs foyers est devenu relativement possible, j'ai dit au revoir à mes frères.

Ils sont partis en direction de Cracovie, moi en direction de Varsovie.

Je n'ai parcouru que cent quatre-vingt-cinq kilomètres… Je ne sais plus combien de temps j'ai marché, et nous étions déjà en octobre 1939.

Je me nourrissais de carottes volées aux paysans, de pommes de terre cuites et, si une paysanne voulait bien m'en donner, d'un morceau de tarte et d'un peu de petit-lait.

Je n'avais plus d'argent, et celui que j'avais ne valait plus rien, car on ne pouvait rien acheter avec.

Je me suis donc traîné jusqu'à Varsovie.

Quand je suis arrivé chez nous, je t'ai trouvé dehors, en train de jouer dans un terrain vague.

Quand tu m'as vu, tu as crié : « Papa ! »

Je t'ai pris dans mes bras et je t'ai soulevé en t'embrassant, tout joyeux. Tu avais alors six ans et deux mois.

Les conditions de vie où je vous ai trouvés étaient terribles, car la maison n'était pas achevée et, pour couronner le tout, pas une seule vitre n'avait résisté aux bombardements.

Tu as immédiatement commencé à donner un concert : ATTENTION ! ATTENTION ! ATTENTION ! CHOCOLAT ! CHOCOLAT ! CHOCOLAT ! FRAISE ! NARCISSE ! ATTENTION !

Ces avertissements étaient diffusés plusieurs fois par jour par la radio polonaise et les haut-parleurs dans les rues.

Ils ont été diffusés d'une voix désespérée par le maire de Varsovie, Stefan Starzyński [1], au moment même où les bombardiers allemands s'approchaient de Varsovie. Les mots « chocolat », « fraise », « narcisse » étaient sans doute des codes, indiquant le trajet des avions.

Tu n'arrêtais pas d'imiter le bourdonnement des moteurs d'avion et de crier : « Attention – attention – voici le chocolat ! » C'est le chocolat qui t'amusait le plus.

Starzyński a été arrêté immédiatement après l'entrée des Allemands.

Il a été emprisonné pendant des mois et massacré de manière inhumaine dans la prison dite de Pawiak, puis envoyé au camp de concentration de Buchenwald.

1. Ce n'est pas Starzyński qui lisait ces annonces, mais un *speaker*.

Peu avant la fin de la guerre, il a été abattu dans ce camp [1].

Peu après, nous avons dû quitter l'appartement et déménager dans un quartier juif créé par les Allemands, le « ghetto ».

Le ghetto était, pour l'instant, juste un assemblage de « sous-hommes », donc de Juifs, dans un quartier ouvert, c'est-à-dire qu'il était possible d'en sortir et circuler dans tout Varsovie.

Chaque Juif devait porter sur le bras gauche un brassard blanc de dix centimètres de large avec une étoile de David bleue [2].

Bientôt, la nouvelle s'est répandue comme quoi le ghetto allait être fermé, et que les Juifs ne pourraient plus quitter son enceinte, et que Varsovie serait divisée en quartiers destinés aux Polonais et quartiers réservés aux « surhumains », des Aryens de « pur sang nordique » – des *Reichsdeutsche*.

Un jour, encore avant la fermeture du ghetto, mon frère Stefan est arrivé à Varsovie.

En quelques minutes, nous avons fait nos modestes valises (juste de petites choses), et, après avoir enlevé nos brassards, nous sommes partis en train de nuit pour Cracovie.

---

1. En réalité, il a été assassiné à Pawiak, en décembre 1939.
2. Cette obligation a été introduite le 28 novembre 1939.

Ce départ précipité s'est déroulé sans accroc.

Nous nous sommes installés, pour la troisième fois, avec notre mère et nos frères au numéro 25 de la rue Sarego.

La joie fut de courte durée, car quelques semaines plus tard, les Juifs ont dû quitter leurs appartements et déménager dans le ghetto, créé dans le quartier de Podgórze.

Ma mère et mes frères ont reçu une petite pièce avec cuisine dans la rue Nadwiślańska, tandis que nous obtenions un appartement de trois pièces, destiné à trois familles qui ne se connaissaient pas.

Il se trouvait au n° 2 de la rue Rękawka – onze personnes au total.

Trois mères de famille se croisaient dans la cuisine, mais compte tenu des conditions d'oppression créées pour nous par les Allemands, les dames se sont arrangées entre elles en évitant tout affrontement.

Cette idylle n'a pas duré. Les déportations vers les « camps d'extermination » ont commencé très vite.

Dans le ghetto, on a créé une police, organisée par les conseillers municipaux juifs et approuvée par le chef de la Gestapo, portant le nom d'*Ordnungsdienst* (service d'ordre), en bref : *OD*.

Sur ordre du chef de la Gestapo, elle devait de temps en temps établir une liste de personnes à déporter, c'est-à-dire un quota obligatoire de trois, quatre ou cinq mille personnes.

Ça se faisait n'importe comment, sans aucun sens ni logique, car les Allemands savaient très bien que les Juifs continueraient à se déporter les uns les autres jusqu'à ce que vienne leur tour, et qu'ils se déportent eux-mêmes.

En entourant le ghetto d'un mur construit à cet effet, et en réduisant la surface habitable, les Allemands se donnaient la possibilité de disposer facilement de la population juive restante, jusqu'à ce que le ghetto soit complètement liquidé.

Voyant à quel point la situation devenait désespérée, j'ai commencé à chercher un moyen de t'installer en dehors du ghetto.

Un de mes amis, Henryk (Henio) Wilk, et sa femme, que tu connais bien, m'ont aidé dans ces efforts.

J'exhortais aussi maman à quitter le ghetto et à s'abriter en dehors de Cracovie, avec ce qu'on appelait « des papiers aryens ».

Rien chez elle, pas l'ombre d'un trait, ne pouvait suggérer des origines non aryennes.

C'était une très jolie femme, svelte et bien faite, de confession chrétienne orthodoxe.

Née en Russie, à Yelizavetgrad [1], dans le gouvernorat de Kherson.

Elle parlait très bien le polonais et le russe. Malheureusement, elle ne voulait pas entendre parler d'un départ du ghetto.

Elle s'obstinait à répéter : « Je ne te quitterai pas, où tu vas j'irai. »

Tous mes arguments l'exhortant à se sauver elle-même et à sauver notre enfant, sont restés vains.

Dès cette époque, certains groupes de Juifs ont été affectés à la construction de baraquements du futur camp de Płaszów, où ils ont été immédiatement installés.

Pour nous tromper, en nous faisant croire que nous n'étions pas destinés à l'extermination, on nous attribuait des missions de travail.

Les Allemands ont créé dans le ghetto un *Arbeitsamt*, ou « bureau de l'emploi », et nous délivraient des cartes (certificats) indiquant que X. Y. est employé, et reste à ce titre indispensable pour l'économie.

1. Aujourd'hui Kropyvnytski. D'après les statistiques, en 1897, les Juifs constituaient 37,8 % de la population. Grigori Zinoviev, l'un des dirigeants de la révolution bolchevique, et Heinrich Neuhaus, grand pianiste et professeur, y sont nés.

Tout cela n'était qu'un perfide mensonge, du début jusqu'à la fin.

Maman était chargée de faire le ménage au château de Wawel, et sortait tous les jours des murs du ghetto avec un groupe de femmes.

Je ne doute pas que tu te souviens que le roi non couronné du *Generalgouvernement*, le gouverneur [Hans] Frank, vivait au Wawel.

Chaque matin, on me donnait, à moi, un pic, une pelle ou un balai pour balayer la rue.

Nous sortions en groupes des murs du ghetto et, selon la saison, nous prenions soin de la propreté de Cracovie.

Nous balayions les rues, creusions des fossés, ou pelletions la neige pour la charger dans des camions.

Annette, qui avait déjà un petit ami qui faisait de la menuiserie, je crois, était responsable du transport des planches.

Après quelques « actions », à savoir la déportation de quelques milliers de personnes vers les camps d'extermination, et l'exécution de quelques centaines directement, sur place, j'ai encore demandé à maman de t'accompagner.

Je lui expliquai : « Tu as des bijoux, de l'or, de l'argent aussi, tu te débrouilleras.

Tu trouveras certainement du travail, ne serait-ce que pour sauver les apparences, et aussi parce que l'argent s'épuise si vite – car moi-même, je finirai sûrement au camp. Le ghetto est sur le point d'être liquidé. »

Pour la somme de cinq mille zlotys, j'ai réussi à me faire engager à l'usine de métallurgie Waks, qui appartenait à un Juif, et qui s'est trouvée sous l'administration allemande.

Pour obtenir un « bon » emploi, il fallait verser des pots-de-vin.

Le fait que nous étions tous destinés à l'extermination n'empêchait pas les gens désireux de se faire de l'argent de dépouiller littéralement et sans pitié leurs compagnons d'infortune.

Malheureusement, des Judas étaient, sont et seront parmi nous.

L'usine fabriquait diverses babioles, censées être indispensables à l'armée.

Cuillères en fer-blanc, fourchettes, râteaux pour chevaux, brûleurs de lampes au carbure, des bouches d'aération pour bunkers.

Même lorsque j'étais déjà dans le camp de Płaszów, j'allais avec d'autres travailler dans cette usine.

Nous étions escortés dehors et ramenés au camp (après douze heures de travail) par des soldats ukrainiens (collaborateurs de l'armée du général Vlassov), enrôlés dans l'armée allemande en tant que service auxiliaire.

Si tu t'en souviens, il s'agissait de troupes en uniforme noir qui exécutaient tous les ordres des Allemands, y compris celui de tirer sur les gens.

J'avais déposé des bijoux et, disons-le, tous nos biens chez des Polonais très respectables, les Gryglewski.

Lui, il était monteur en installations sanitaires (senior de la guilde), et avait son établissement rue Garbarska à Cracovie.

Il était également propriétaire de deux immeubles rue Długa. Les deux Gryglewski sont aujourd'hui décédés.

Au début de l'Occupation, lorsque les Juifs étaient encore autorisés à se promener librement en ville, j'ai été enregistré chez lui en tant que travailleur manuel.

Par ailleurs, je lui ai remboursé la taxe qu'il avait payée sur mon salaire (je n'en touchais aucun), ainsi que ses frais de sécurité sociale.

À cette époque, j'avais déjà commencé à chercher sérieusement des endroits pour vous abriter, toi, Annette et maman.

Annette a même passé une douzaine de jours chez les Wilk, mais elle est finalement retournée au ghetto.

D'abord, son petit ami lui manquait, et puis ce n'était pas très sûr, chez les Wilk.

Tu connais leur appartement. Une petite pièce rue Krowoderska. L'entrée se faisait directement par l'escalier.

En plus, les Wilk étaient fréquentés par des petits bavards. Pas des gens de toute confiance.

Tu te souviens sans doute que cacher un Juif était puni de mort, ou, dans le meilleur des cas, de camp de concentration.

Le 28 octobre 1942, une nouvelle « action », massive et sanglante, a eu lieu.

À cette époque, plusieurs milliers de personnes ont été emmenées, dont ta maman et ta grand-mère, c'est-à-dire ma mère.

Comme d'habitude, il y avait une liste établie par l'*Ordnungsdienst*, c'est-à-dire une liste de personnes à rafler, en accord avec le quota fixé par la Gestapo.

Indépendamment de la liste, d'autres personnes étaient emmenées au coup par coup, car chaque *OD-Mann* [1] craignait pour sa peau et pour celle de

1. Membre du *Jüdischer Ordnungsdienst*.

ses proches, et se fichait pas mal de savoir qui il envoyait à l'extermination.

Le matin, à six heures, le chef adjoint de l'*OD*, Kierner, est passé dans notre appartement et a demandé : « Hanna Przedborska ? »

Annette a compris tout de suite, et s'est glissée sous le lit.

Son lit était adossé au mur, de sorte qu'en écartant légèrement le lit du mur avec sa main, elle a trouvé une fente pour se faufiler derrière.

« Et vous êtes qui ? demanda-t-il à maman.

— Je suis la mère, ma fille est hors du ghetto.

— Vous venez avec moi », dit-il.

Je le connaissais personnellement, et je lui ai dit :

« Tu es fou ? Pourquoi tu emmènes ma femme ?

— N'aie pas peur, elle sera de retour dans une demi-heure. Elle ira juste sur l'*Appellplatz.* »

Maman s'est contentée de mettre sa robe, certaine qu'elle reviendrait dans un instant.

Dans ces moments de folle confusion, on perd la tête, nos mouvements sont désordonnés, les pensées galopent, l'on devient complètement abasourdi.

Pendant qu'il fouillait les autres pièces, maman pouvait s'enfuir calmement, se cacher dans la cave, évitant ainsi la déportation.

OD-Mann Kierner, qui a emmené maman, a survécu à la guerre et a été pendu par les autorités polonaises en 1946.

Son procès a eu lieu à Cracovie. J'étais présent.

Je n'ai pas témoigné à charge, car tant de personnes l'ont incriminé que ma voix était tout à fait superflue.

En même temps que lui, on a pendu le médecin (juif) du camp de Płaszów, Dr Gross, qui mettait de petites croix sur les fiches de ses patients.

Une croix signifiait une condamnation à mort.

Lorsque les médecins qui étaient sous ses ordres refusaient l'euthanasie, Dr Gross administrait lui-même au patient une injection intraveineuse de phénol. En cinq minutes, le client était mort.

À chaque pendaison des *Häftling*, et le commandant Goeth [1] s'offrait souvent un tel cirque, Dr Gross se tenait à côté de la potence, vêtu d'une blouse blanche de médecin, pour prononcer le décès.

---

1. Amon Goeth (1908-1946), SS-*Hauptsturmführer*, connu pour un sadisme exceptionnel. Il a notamment commandé le camp de concentration de Płaszów. Condamné à mort et pendu à Cracovie, en 1946 ; c'est un des personnages principaux du film *La Liste de Schindler* de Steven Spielberg (1993), où son rôle est tenu par Ralph Fiennes.

Pour l'un comme pour l'autre, il n'y avait pas d'autre sentence possible que la peine de mort.

Lors de sa visite chez nous, Kierner a emmené, en plus de maman, notre colocataire, le père du petit Stefan (Stefcio).

À cette époque, nous vivions dans le ghetto, rue Lwowska.

Nous occupions une très grande pièce, qui abritait deux familles – sept personnes, plus un inconnu.

La pièce était divisée en deux par un rideau.

Une moitié était occupée par nous quatre, maman, moi, toi et Annette.

L'autre moitié appartenait aux parents de Stefcio, et à lui-même.

Il y avait aussi dans leur chambre un petit coin, séparé par un rideau, où dormait un vieux avec un chien.

Dans l'autre pièce, plus petite, vivait une femme juive allemande, avec ses deux filles adultes.

À chaque « action » de déportation, les Allemands réduisaient notre « espace vital » en nous entassant dans des espaces de plus en plus étroits, et bien souvent les lits occupaient toute la place dans les chambres.

Autant la déportation et l'extermination étaient généralement chaotiques, autant le système de pillage organisé par les Allemands fonctionnait à la perfection.

Dès que les gens avaient quitté les appartements, des camions arrivaient et le *Baudienst*, sous la supervision des SS, enlevait tout ce qui s'y trouvait, ne laissant que des murs.

Quelques minutes après que le père de Stefcio a été emmené, sa femme m'a dit : « Prends soin de mon enfant, je veux suivre mon mari. »

Aujourd'hui encore, je ne comprends pas que cette femme n'ait pas réalisé qu'en faisant cela, elle allait elle-même à sa perte.

Après tout, Stefcio était son (leur) fils, et il avait plus besoin d'elle que son mari, que rien ne pouvait plus sauver.

En partant, elle n'a ajouté qu'un « Je m'en fiche ». Et moi, j'avais envie de hurler : « Pour l'amour de Dieu ! tu abandonnes un enfant de quatre ans, tu le laisses à la merci du destin, tu le condamnes à la perdition ! » Rien que de la détermination.

J'ai emmené Stefcio à l'hôpital juif, géré par la communauté confessionnelle, où l'on avait déposé beaucoup d'enfants.

Comme je l'ai appris plus tard, ils ont tous été fusillés et jetés dans la cour de l'immeuble, comme un tas de pommes de terre.

Je répète que ta maman et ta grand-mère (ma mère) ont été emmenées le même jour.

Lors de son séjour à Londres, en 1971, ma tante Gusta m'a appris que ma mère a avalé du poison alors qu'elle se trouvait encore à Cracovie, sur la place du rassemblement.

Je n'en avais rien su, mais un tel acte rime bien avec la force de caractère et avec le courage de ma mère.

Si c'est vrai, elle s'en est très bien sortie. Elle a évité le transport et les souffrances atroces du gaz.

Lorsque les voitures pleines de gens sont parties pour la gare de Cracovie-Płaszów, pour les embarquer tous dans des wagons à bestiaux, j'ai réussi à quitter le ghetto. Par quel miracle, je ne m'en souviens pas.

J'ai couru jusqu'au numéro 64 de la rue Dietla, l'adresse de l'Institut de géodésie.

J'y connaissais un officier SS d'origine autrichienne qui était resté, malgré tout, un homme honnête.

J'ai enlevé le brassard et je suis entré dans son bureau, en lui demandant, les larmes aux yeux, de m'accompagner à la gare de Płaszów pour faire sortir maman du train.

Il m'a dit d'appeler un fiacre, et nous nous sommes dirigés vers la gare.

Malheureusement, cinq minutes avant notre arrivée tout le transport était parti pour le camp de la mort de Bełżec.

Voyant mon désespoir, il m'a dit : « Ne vous inquiétez pas, vous retrouverez bien votre femme.

De quelle manière ? ai-je demandé. C'est un camp d'extermination. »

Ce à quoi il a répondu : « Vous voyez, je suis un catholique pratiquant, et je crois que, si vous ne vous rencontrez pas sur terre, vous vous retrouverez au ciel. »

Et en disant cela, il a pointé son doigt vers le haut.

Je l'ai remercié, tout en me disant in petto : « Quel idiot, vas-y tout seul, je préfère rester sur terre. »

Je l'ai ramené au bureau dans le même fiacre, en le remerciant à nouveau, car il avait fait preuve d'un maximum de bonne volonté.

Je ne me souviens pas si, lors de cette « action », tu étais déjà hors du ghetto.

Le premier endroit où je t'ai placé, c'était chez une dame de mes connaissances, qui s'appelait Stenia Jeleń.

J'avais convenu de lui verser deux mille zlotys par mois.

Je t'ai emmené chez elle, j'ai pris deux valises pleines de tes affaires, je lui ai versé deux mille zlotys, et tu es resté là-bas.

Au bout d'une semaine, elle m'a demandé de te reprendre, parce que ceci, parce que cela, bref : elle avait peur. Elle ne m'a rendu ni l'argent ni tes affaires.

Une vulgaire escroc ! Elle avait un fils de ton âge, elle a donc gardé deux valises de tes affaires pour son bâtard.

Je t'ai ramené au ghetto, il n'y avait pas d'autre solution.

Mon frère Dudek, qui mourra après la guerre, en 1946, travaillait lui aussi à l'*OD*.

Je lui ai dit qu'il ne te restait plus qu'une chemise et une culotte.

Comme il y avait des entrepôts pleins de vêtements pour enfants, dès le lendemain j'ai obtenu beaucoup de choses pour toi.

Tu te rappelles les Hoszowski ? Lorsque tu passais ton baccalauréat à Katowice, vous avez dormi une nuit chez eux, Wanda et toi.

Lors d'une fête chez Cesia Hoszowska à Bytom, après la guerre, je me suis retrouvé nez à nez avec cette « honnête » Mme Jeleń.

Nous étions assis à une table, face à face, sans jamais aborder le sujet.

Comme si je la voyais pour la première fois de ma vie.

Tu es revenu chez moi, au ghetto, mais j'avais déjà commencé à préparer une autre planque pour toi, en ville.

J'ai emballé tous nos sous-vêtements, les affaires de maman, tous mes vêtements à moi, et tout ce que je pouvais. Plusieurs fois par jour, Henio Wilk et sa femme Kazia transportaient les paquets chez eux, l'un après l'autre, à travers les barbelés du ghetto.

Je leur ai indiqué qu'autant les bijoux que tout le reste devaient être monnayés, et que l'argent devait être utilisé comme moyen de subsistance pour toi.

Je leur ai transmis une note à l'attention de M. et Mme Gryglewski pour qu'ils leur remettent certains bijoux en cas de besoin.

Je leur ai également donné une liste d'objets déposés chez les Gryglewski.

J'ai confié une paire de boucles d'oreilles en diamant à l'entreposeur de la société Waks, où je travaillais.

Cet homme s'appelait Kaminski et il méritait toute ma confiance.

Je l'ai rencontré après la guerre, et je reviendrai à lui plus tard.

Je vais maintenant te donner l'exemple de la malhonnêteté d'une certaine partie de la société, et comment elle sait exploiter le malheur des autres.

J'étais employé en tant que serrurier. Mon contremaître s'appelait Stańczyk.

Bien que beaucoup plus âgé que lui, je le vouvoyais, et lui me tutoyait.

Un jour, il m'a demandé si j'avais quelque chose à vendre. « Oui, j'ai répondu, j'en ai. »

En tout cas, je n'avais plus de fourrures, les ayant plus tôt, sur l'ordre des Allemands, toutes emmenées au dépôt : la mienne et les deux renards argentés de ta maman.

Je ne voulais pas risquer de les cacher, parce que c'était passible de mort.

Ils nous menaçaient de peine de mort pour la moindre bagatelle et, dans de nombreux cas, ils fusillaient quelqu'un pour en terroriser d'autres.

Je lui ai dit que j'avais un très beau pardessus de ma femme, son tailleur anglais, et une longue robe faite à Paris de superbe velours de soie noire, et portée une seule fois.

Je lui ai raconté l'histoire de la robe : maman l'avait portée une fois lors d'une soirée dansante.

Après son arrivée en Pologne, elle a voulu la faire retoucher, mais j'ai résisté et j'ai dit : « Nous danserons encore dans notre vie, ce serait dommage de la retoucher. »

Le destin en a décidé autrement. Nous n'avons plus jamais dansé, et ta mère était une excellente danseuse.

Je lui ai donc apporté ces objets, mais mon argent, je ne l'ai jamais vu.

Il m'a d'abord raconté des mensonges, comme quoi rien n'avait encore été vendu, puis il a fini par me dire : « Qu'est-ce que tu as besoin de cet argent, de toute façon tu vas finir au bout d'une corde ! » Et il s'est mis à se balancer et à tourner, comme le cadavre d'un pendu.

J'ai revu cet homme plus d'une fois après la guerre.

Il m'abordait à chaque fois comme si de rien n'était. Genre : « Comment ça va ? — Merci, très bien », je répondais.

Qu'il essaie de s'excuser un peu auprès de moi : un mot m'aurait suffi. Cela ne lui a même pas traversé l'esprit.

Tout ce que les Wilk ont fait, c'est qu'ils t'ont placé chez cette gardienne. Rien d'autre.

Ils la payaient très peu. Ils revendaient notre or – et ils buvaient l'argent.

Tu sais que Henio était toujours bourré. Kazia aimait trinquer elle aussi.

C'est Kazia qui portait la lingerie de maman, toutes ses robes, et quand je suis revenu après la guerre pour vivre un peu chez eux, elle avait encore une garde-robe bien remplie.

Henio se promenait dans mes plus beaux vêtements.

Son frère aussi portait mes affaires. Le cordonnier (quelle canaille !) de la rue Łobzowska, où se faisaient les beuveries, en portait également.

Et moi, à mon retour, je n'avais rien à me mettre sur le dos.

Je portais les affaires de mon hôte de Linz, que j'avais payées avec du pain et de l'alcool de contrebande, et un manteau teint en noir, fait d'une couverture de l'armée américaine.

Quelques guenilles pillées en Allemagne et en Autriche : voilà ce qu'était toute ma fortune.

Les Wilk c'étaient des amis, ils auraient pu au moins me dire : « Écoute, il nous en reste encore de tes affaires, prends ce qu'il te faut. » Mais non, pas un mot.

Tosia m'a prêté une vieille veste de Dudek pour l'hiver, que je lui ai rendue plus tard, alors que j'avais déjà commencé à gagner de l'argent.

La planque suivante que j'ai trouvée pour toi, c'était chez Marian. Je ne sais pas si tu te souviens de lui.

C'était un *agar*[1] de petite taille, ferblantier ou plombier de profession, qui habitait rue Krupnicza, au rez-de-chaussée.

Je ne me souviens plus du numéro. Il y avait chez lui une large porte en bois et une grande cour.

Marian était un type peu banal de *kinder* de Cracovie, ou « gavroche » en français, mais un très bon mec par nature.

Il t'aimait beaucoup, et lorsque je l'ai rencontré après la guerre, il n'a cessé de parler de toi. Il est mort quelques années plus tard.

Ta prochaine « tanière », c'était précisément chez cette gardienne, avec laquelle tu es resté le plus longtemps.

Je ne me souviens plus de son nom, et c'est à son sujet que je peux en dire le moins.

Au début, quand je travaillais encore chez Waks, elle est venue me voir pour se plaindre des Wilk.

Qu'ils ne la payaient pas assez, qu'ils ne lui avaient pas donné toute ta literie et les matelas que je leur avais confiés pour toi.

Après la guerre, elle m'a attaqué en justice pour obtenir une compensation.

Je lui aurais bien donné quelques milliers de zlotys de toute façon, mais je ne gagnais pas encore assez.

1. « Loubard » : argot cracovien.

Le tribunal lui a accordé une certaine somme à titre de dédommagement, mais je ne me souviens plus du montant.

Je l'ai remboursée par mensualités.

Tu as toujours été turbulent, peut-être parce que ta famille te manquait, mais qui peut demander de la logique à un gosse de neuf ans ?

Deux fois tu es retourné au ghetto, et deux fois tu as miraculeusement évité la mort.

À chaque fois, tu choisissais mal ton moment, rentrant un jour ou deux avant l'« action ».

Une fois – tu me l'as rappelé toi-même lors de mon dernier séjour chez toi en Californie – tu étais avec Stefcio, et un type du *Baudienst* vous a laissés partir lorsque tu lui as dit que vous aviez faim.

Parmi ceux qui sont restés dans le ghetto, personne n'est sorti vivant.

Ils ont tous été assassinés bestialement, et le massacre a duré plusieurs jours, car ils cherchaient les gens jusque dans les caves.

Pendant plusieurs jours, des charrettes tirées par des chevaux transportaient des piles de cadavres jusqu'au camp de Płaszów.

Tout comme on voit parfois un cheval tombé mort dans la rue, et monté sur un chariot, ses sabots se balançant d'un côté de la plateforme, de la même façon on transportait tous ces gens assassinés, massacrés impitoyablement.

On avait creusé auparavant une immense fosse, où des prisonniers sélectionnés pour la corvée (à savoir : nous) déposaient les cadavres.

Les habitants du ghetto ont été divisés en deux catégories.

Le groupe A était destiné au camp de Płaszów, tandis que le groupe B restait jusqu'au bout au ghetto, pour être exterminé.

Toute cette opération s'est déroulée en plein chaos, au milieu des hurlements monstrueux des Allemands et des exécutions sommaires pour un rien.

Les cartes d'identité ou de travail ne comptaient plus.

Les gens, poussés comme du bétail, étaient alignés cent fois par quatre, soit quatre cents personnes.

Je ne sais pas combien ils en ont dénombré, mais à un moment donné, le commandant a dit : « Ça suffit. »

Et je me suis trouvé avec ceux qui devaient rester pour être liquidés.

Mon esprit bourdonnait de pensées galopantes : « Dieu, mon enfant ! Dieu, que va-t-il devenir ! »

Au même moment, le SS qui comptait s'est écrié : « Trois cent quatre-vingt-dix-neuf ! Il en manque un ! »

J'ai bondi à toute vitesse et j'ai rejoint le groupe.

En un instant, toute la colonne s'est mise en mouvement, et moi avec.

Dans la rue Limanowskiego, je t'ai remarqué, planté sur le bord du trottoir.

Pour la deuxième fois, le sol s'est dérobé sous mes pieds.

Pour m'approcher du bord de la colonne, je me suis déplacé progressivement, une rangée après l'autre, tout en marchant.

Chez toi, en Californie, nous nous sommes disputés quant à l'ordre de mes déplacements. J'ai soutenu que je reculais vers l'arrière, tu étais sûr que j'avançais.

L'un de nous deux a certainement raison. Quoi qu'il en soit, j'ai atteint le bord et je t'ai dit d'aller immédiatement chez les Wilk.

Ce que tu as fait en fin de compte, si tu es retourné chez eux, c'est toi qui le sais, pas moi.

C'était mon dernier contact avec toi jusqu'à la fin de la guerre.

Un coup du sort intéressant. J'ai perdu mon père en 1912, à l'âge de neuf ans. Tu as perdu ta mère en 1942, également à l'âge de neuf ans.

Je ne te décrirai pas ma vie au camp de Mauthausen. Je l'ai fait en détail dans ma lettre de sept pages du 21 octobre 1973 [1].

Si tu le veux, tu peux la joindre en post-scriptum à ce récit.

Je me contenterai de raconter comment, à trois reprises, j'ai évité la mort, la balle dans la nuque, au camp de Płaszów et au camp de Mauthausen.

Nous sortions du camp de Plaszów. pour travailler, à l'usine de Waks, en deux groupes de cent vingt personnes.

Un groupe travaillait de jour, douze heures, l'autre groupe – de nuit, douze heures également. Chaque semaine, ça changeait. L'équipe de nuit travaillait le jour, et vice versa.

Le *Kapo* d'un groupe était Ignac Taubman, cousin de Regina Horowitz (mère de Rysiek [2]), et celui de l'autre groupe, c'était moi.

Ce n'était pas un *Kapo* au sens d'un *Kapo*-assassin, mais l'homme responsable de l'ensemble du groupe.

L'homme qui formait le groupe pour la sortie du camp et pour le retour.

---

1. Voir page 91.

2. Il s'agit de Ryszard (Richard) Horowitz, connu comme le plus jeune survivant de *La Liste de Schindler*. Ses parents étaient Regina et Dolek (Dawid) Horowitz.

Qui signalait au portail quel groupe sortait, quel groupe rentrait, et quels étaient les effectifs.

Qui répartissait les gens dans l'usine, selon les exigences des contremaîtres, des catholiques.

Un Juif ne pouvait pas être contremaître, mais beaucoup en savaient bien plus que ces contremaîtres.

Nous étions escortés dans les deux sens par un groupe de soldats ukrainiens, des *vlassovtsy*, dont j'ai déjà décrit la position dans les formations militaires allemandes.

Un jour, Ignac Taubman m'a annoncé :

« Mundziu ! je viens avec ton groupe en tant qu'*Häftling* régulier, mon groupe sera dirigé par Janek Beck [un collègue de son groupe]. »

Lorsque nous sommes arrivés à l'usine, et que les Ukrainiens sont partis au camp (ils revenaient après douze heures pour nous chercher), il m'a dit :

« Mundziu, tu connais des gens dans la région, essaie de trouver une place pour mon fils quelque part. »

Son fils avait à peu près ton âge, peut-être un an de plus ou de moins.

Je lui ai demandé : « Pour combien de temps ? Combien tu peux payer ? Où est le garçon ?

— Je paierai autant qu'il faudra, a-t-il répondu. Pas pour longtemps. Ne t'inquiète pas, je le reprendrai bientôt. »

Je ne me suis pas méfié du tout.

J'ai passé par la clôture entourant notre usine et j'ai trouvé une planque pour son gosse chez des femmes qui vivaient dans des cabanes voisines.

Au bout d'un moment, grâce à mon intervention chez le *Wächter* (le gardien), il est sorti dehors.

Le *Wächter* était une sorte de portier, un homme de soixante à soixante-cinq ans, un Polonais ou un *Volksdeutsch* [1] de fraîche date.

Au bout d'un moment, Ignac est revenu et m'a dit simplement : « C'est réglé. » C'est-à-dire qu'il allait faire passer son fils de son ancienne planque à la nouvelle, arrangée par moi.

Tout est rentré dans l'ordre. Il a repris son groupe et j'ai repris le mien.

---

1. Pendant l'Occupation, les Allemands ont introduit en Pologne ce qu'on appelait la *Deutsche Volksliste* (*DVL*), c'est-à-dire une liste nationale allemande. Sur cette liste, étaient enregistrées les personnes reconnues comme *Volksdeutsche*, classées en différentes catégories en fonction du degré de leur « germanité ». Elles bénéficiaient de privilèges, tels que de meilleures rations alimentaires ou l'accès à des institutions éducatives allemandes, mais elles étaient également tenues à une loyauté envers le Reich.

Mon groupe, on l'appelait en rigolant : « Les meilleurs ferblantiers parmi les avocats. »

Outre une douzaine de vrais artisans, on y avait Dr Kaufman, Dr Schlang, Dr Katz, Dr Horowitz (pas Dolek), Dr Pischinger, un important exportateur de bois et un second exportateur de fer.

Les deux derniers étaient de riches propriétaires de plusieurs immeubles.

Aucun n'a jamais tenu un marteau, et soudain les voilà ferblantiers.

Imagine comment se passait le travail, et si Hitler pouvait gagner la guerre avec de tels « arrières » !

Un jour, Ignac a recommencé : « Mundziu, tu vas aller aujourd'hui avec mon groupe du matin, et Beck de mon groupe te remplacera dans l'équipe de nuit. »

Je lui ai demandé : « Dis-moi, Ignac, qu'est-ce que tu manigances, là ? »

Il a commencé à jurer ses grands dieux qu'il ne s'agissait que de son fils, comme quoi il veut que quelqu'un l'emmène à Cracovie, et que je suis bien placé pour savoir ce que c'est que d'avoir un enfant chez des étrangers.

Je lui ai dit : « Cache-toi au milieu du groupe, parce que c'est Zdrojewski qui est à la porte aujourd'hui. » Zdrojewski était l'adjoint de Goeth.

Le groupe est sorti, j'ai hurlé combien on était, tout le monde tapait du pied comme il se doit en passant la porte, tout allait bien.

Vers neuf heures du matin, Ignac me dit : « Je sors, j'ai quelque chose à faire.

— Où est-ce que tu vas ? lui ai-je demandé.

— Je dois aller en ville, je serai de retour dans deux heures, n'aie pas peur. »

Je lui ai dit : « Écoute, Ignac, arrête tes conneries, tu sais bien qu'on est dans la responsabilité collective.

— Ne crains rien, remplace-moi, tu fais le *Kapo* de mon groupe jusqu'à mon retour.

— Merci pour cet honneur, Ignac, mais je préfère le mien, et après tout, tu sais que chez moi c'est des docteurs. En tout cas, fais gaffe et pense à nous.

— T'inquiète, Mundziu », a-t-il dit, et il est parti.

Nous n'avons pas eu besoin de le signaler au *Wächter*, car c'était son groupe et, de toute façon, c'était lui le cador.

J'ai eu de la chance qu'il soit parti sans mon aide, c'est-à-dire avec la permission du *Wächter*, et que je ne sois pas mêlé à ça.

Deux heures étaient passées, trois et quatre, depuis qu'Ignac était parti, et toutes sortes d'idées tourbillonnaient déjà dans ma tête.

J'ai appelé quelques camarades, les plus anciens et les plus dignes de confiance, et qui ne savaient rien de tout ça, et je leur ai dit : « Écoutez, les gars, voilà ce qui s'est passé. »

Il y a eu un vent de panique dans l'usine, car les autres ont compris à nos regards que quelque chose n'allait pas, et même s'ils ont tous juré par la suite qu'ils n'avaient pipé mot à personne, en quelques instants tout le monde était au courant.

Vers quatorze heures, une moto avec une remorque est entrée, avec grand fracas, sur le terrain de l'usine.

La moto était conduite par un gestapiste, un autre était assis dans la nacelle, et derrière lui se trouvait Ignac, assis à cheval sur la nacelle.

J'ai d'abord pensé que la Gestapo l'avait chopé dans la rue et amené à l'usine pour qu'il soit fouetté ou fusillé en notre présence.

Les SS et la Gestapo avaient l'habitude de faire cela pour effrayer les autres prisonniers et décourager toute tentative d'insubordination ou de fuite.

Ils ont sauté tous les trois de la moto. Les gestapistes frappaient leurs bottes avec les cravaches noires qu'ils tenaient à la main, et le bruit terrible qu'ils faisaient ajoutait encore à l'atmosphère de terreur.

Ils ont ouvert grand la porte du hall de l'usine où nous travaillions.

J'ai crié à tue-tête « *Achtung !* » (« Attention ! »), et tout le monde s'est arrêté de travailler et de bouger, en se mettant au garde-à-vous.

À cet instant, le gestapiste a rugi : « *Kapo !* » Silence de mort.

Un autre rugissement, encore plus fort : « *Kapo !* » Toujours silence.

Au bout d'un moment, Ignac a pointé son doigt vers moi.

« *Komm hier !* » (« Viens ici ! ») a hurlé le gestapiste.

Je me suis approché et, en pointant le doigt vers Ignac, j'ai dit : « Mais il est là, le *Kapo.* »

« Ta gueule ! a rugi le gestapiste, et écoute bien ce que je te dis. Quand vous remonterez au camp, dites qu'Ignac Taubman est parti avec nous. »

J'ai répondu : « À vos ordres ! » Au fond, j'aurais dû demander avec qui, car son « avec nous » ne voulait rien dire.

Mais je connaissais déjà la mentalité de ces gens, de ces surhommes.

Il ne faut jamais rien demander, jamais remercier, seulement répondre « *Befehl !* » (« À vos ordres ! »)

Ils sont montés à trois sur la moto, et sont repartis.

Depuis ce moment, Ignac est devenu mouchard de la Gestapo.

Dans le hall de l'usine – panique. Ils couraient tous dans tous les sens comme des poulets décapités : que faire, que faire ?

Je suis allé au bureau de l'usine et j'ai appelé le camp, le commandant adjoint, Zdrojewski.

Je lui ai raconté par téléphone ce qui s'était passé. « J'arrive tout de suite. » Et il a raccroché.

Un quart d'heure plus tard à peine, il arrivait à cheval dans la cour de l'usine.

Il a ouvert grand la porte du hall, j'ai crié à nouveau « *Achtung !* », et je me suis approché de lui, pour tout lui raconter.

« Dehors ! » m'a-t-il jeté. Je suis sorti dans la cour, et lui, marchant de long en large, m'a ordonné de lui dire ce qui s'était passé.

Je lui courais après comme un pet obstiné, en reprenant encore et encore la même histoire.

À un moment, il m'a demandé comment je pouvais savoir que c'était la Gestapo.

« Mais ça se voit, on les reconnaît tout de suite », lui ai-je répondu.

Il m'a dit d'appeler le *Wächter*, le portier.

« Pourquoi avez-vous laissé sortir Taubman ? lui a-t-il demandé.

— Mais c'est un *Kapo*, il m'a dit qu'il allait s'acheter quelque chose à manger dans le magasin d'à côté. »

Il lui a répondu : « Va te faire foutre, imbécile. »

Et il s'est tourné vers moi : « Viens avec moi à l'étage, au téléphone. »

Nous sommes entrés dans le bureau, il a téléphoné à la Gestapo et ils ont commencé à se disputer.

Soudain, il s'est rendu compte que j'étais dans la pièce. Il m'a dit de sortir.

Je ne connais pas la suite de leur conversation téléphonique.

Il est monté sur son cheval et il a crié : « Une fois rentré au camp, tu te présentes chez moi ! »

Ignac s'est installé à Cracovie. Il a fait sortir sa femme du camp de Płaszów, et retiré son fils de chez la femme où je l'avais placé.

Avec sa carte de collaborateur de la Gestapo, il est devenu intouchable pour les SS [1].

---

1. La Gestapo (*Geheime Staats-Polizei*), police politique, fondée par Hermann Göring, et la SS (*Schutzstaffel*), dévouée surtout à l'extermination des Juifs, sous la férule de Heinrich Himmler, étaient deux formations indépendantes du régime nazi, en rivalité permanente en matière de compétences.

Il cafardait à droite et à gauche. Il était la terreur des Juifs armés de « papiers aryens ».

Il était si effronté et sûr de lui qu'il revenait au camp sur ordre de la Gestapo.

Au camp, Ignac avait une maîtresse, très jolie fille, Helena Weisman.

Je ne sais pas si elle travaillait pour lui, c'est-à-dire si elle était une balance, ou si Ignac venait la voir simplement pour ses petites douceurs.

Zdrojewski l'a appris et a ordonné à Ivan, le bourreau ukrainien, d'abattre la fille.

L'ordre a été exécuté sans sourciller.

Au cours de sa carrière dans le camp, Ivan en a flingué des milliers.

Ignac Taubman savait tout de toi. Plus d'une fois, il est venu me voir en me disant : « J'ai vu ton fils. Il jouait avec ses copains rue Sobieski, ou rue Piotr Michałowski. »

Un jour, il est venu au camp et m'a dit : « Ne t'en fais pas, le petit est en bonne santé, il grandit et joue avec ses copains. »

Il m'a surpris dans un moment de faiblesse, à savoir un moment de connerie.

Je lui ai dit : « Écoute, Ignac, j'ai une paire de boucles d'oreilles en diamant, placée chez un magasinier de chez Waks. Récupère-les et passe-les aux Wilk, Krowoderska 50.

Peut-être ont-ils besoin d'argent pour mon enfant, peut-être qu'ils en ont besoin pour plus tard, au cas où. Qu'ils se débrouillent pour bien les vendre.

— Comme si c'était fait, Mundziu ! Pour toi, je ferais n'importe quoi, tu le sais bien. Donne-moi un mot pour ce Kaminski [le magasinier]. »

Je lui ai écrit quelques mots, lui demandant de passer les boucles d'oreilles au porteur du billet.

Je savais très bien qu'Ignac était devenu collabo, et qu'il était responsable de la mort de nombreuses personnes, mais je n'aurais jamais imaginé qu'il puisse se comporter en pure crapule, sachant qu'il s'agissait de sauver un enfant.

Ou peut-être pensait-il que je ne survivrais pas à la guerre, et que sa faute dormirait avec moi dans ma tombe.

Sauf qu'il n'y aurait jamais eu de tombe, juste une poignée de cendres.

Et, en fait, si je n'avais pas survécu à la guerre, sa petite rapine n'aurait jamais été découverte et personne ne l'aurait ennuyé.

Ignac a été repéré par la Résistance en tant qu'agent de la Gestapo, et condamné à mort.

On lui a tiré dessus sur la place Plac Zgody, mais il n'a eu qu'une petite blessure à la jambe.

Le tireur s'est enfui sans oser un autre coup de feu, alors qu'il aurait dû achever cette ordure.

Ignac a survécu à la guerre parce qu'il a couillonné même la Gestapo, et avant la fin de la guerre il s'est enfui, avec sa femme et son fils, à Łódź.

Łódź ne faisait pas partie du *Generalgouvernement* mais du Reich, et s'appelait Litzmannstadt.

Elle a été baptisée comme ça en l'honneur du général Litzmann, qui s'en était emparé pendant la Première Guerre mondiale.

La Gestapo liquidait tous ses collabos avant de fuir la Pologne.

Même le père d'Annette, qui mouchardait pour la Gestapo à Vilnius, s'est fait abattre lorsque les Allemands quittaient la ville.

C'est ce qu'ils appelaient « effacer les traces ».

Lorsque je suis retourné en Pologne après la fin de la guerre, que je t'ai trouvé rue Dietla, chez Tosia, et que nous avons assez célébré nos retrouvailles, je suis allé voir les Wilk.

Ils m'ont dit tous les deux qu'ils n'avaient pas reçu de boucles d'oreilles et qu'ils se trouvaient depuis peu à court d'argent pour payer ta planque.

Ben oui, puisqu'ils avaient tout bu, et l'argent ne pousse pas dans les arbres.

Je n'ai pas vraiment cru qu'ils ne les avaient pas reçues, mais qu'est-ce que je pouvais faire ?

Malgré mes efforts, je n'ai pas pu retrouver l'adresse de Kaminski.

Il n'était plus chez Waks. De l'équipe qui y travaillait pendant l'Occupation il n'y avait plus personne. Que des visages étrangers.

Mais un jour, en marchant dans la rue, je suis tombé sur lui.

Il était très heureux de me voir vivant, et moi tout aussi heureux de l'avoir rencontré.

Au cours de la conversation, je lui ai dit : « J'ai encore chez vous une paire de boucles d'oreilles. »

Sans rien dire, il a sorti de son portefeuille mon billet que jadis j'avais donné à Ignac.

« Voyez-vous, j'espérais que vous alliez survivre et revenir à Cracovie. J'ai donc gardé le billet, à tout hasard, et vous pouvez voir qu'il a bien servi. »

Je me suis excusé abondamment, en lui rendant le billet qu'il a soigneusement remis dans son portefeuille.

Je savais maintenant avec certitude que mes boucles d'oreilles, Ignac les avait volées.

Je ne savais rien de l'endroit où il se trouvait, ni même s'il était encore en vie.

On a fini par apprendre qu'il avait changé son nom en Gołębiowski et qu'il était devenu directeur d'une usine textile à Łódź.

C'était auparavant une usine privée, mais après la Libération, elle a été nationalisée, et « M. Gołębiowski » en a été le directeur jusqu'à ce qu'il soit arrêté.

Il ne fait aucun doute que quelqu'un l'a reconnu et a informé les autorités de son passé.

Comme ses activités se déroulaient dans la voïvodie de Cracovie, il était soumis à la juridiction des tribunaux locaux.

Aujourd'hui encore, je n'arrive pas à m'expliquer pourquoi ce voyou, ce confident et ce collabo, a fini par être acquitté.

Petersile [1] (tu le connais sans doute), cinéaste d'avant-guerre, grand brun, avec une moustache noire de tueur, a été condamné à cinq ans de prison pour avoir participé à la réalisation d'un film de propagande fabriqué par les Allemands, *Heimkehr* (*Le Retour*, 1941).

---

1. Franciszek Petersile (1904-1982), acteur et producteur. Pour sa collaboration avec la propagande nazie, il a effectivement été condamné, en 1949, à cinq ans de prison. La collaboration ne l'a pas protégé d'Auschwitz, où il a été emprisonné en 1943, et d'où il a réussi à s'évader en août 1944. Après la guerre – avant et après avoir purgé sa peine – il a travaillé dans le cinéma polonais en tant que directeur de production, par exemple dans le film *Les Mangeurs de lune* (1962), avec, dans les rôles principaux, les jumeaux Jarosław et Lech Kaczyński, futurs dirigeants politiques polonais.

Il a purgé chaque jour de sa peine. Tandis que l'acteur qui jouait le rôle principal dans ce film, Samborski [1], surnommé le Jannings polonais, s'est enfui aux États-Unis.

Et Ignac est libéré ! C'est la fin du monde !

Et pourtant, Ignac, c'est-à-dire M. Gołębiowski, était si rusé et astucieux que le lendemain, avec sa femme et son fils, il a quitté la Pologne sans le moindre bagage – en passant illégalement la frontière.

Ils vivraient au Venezuela. Il paraît qu'après quelques années de séjour, il était déjà riche.

Le deuxième cas où j'ai évité une balle dans la tête de la part du bourreau et assassin Zdrojewski, est le suivant.

Un jour, ce sage *Wächter* est entré dans le hall de l'usine et m'a dit :

« *Kapo*, je voulais te dire quelque chose.

— Vas-y, parle.

— Il y a quelques heures, un Juif est venu me voir avec un seau, en me disant qu'il allait chercher de l'eau, et il n'est toujours pas rentré. »

1. Bogusław Samborski (1897-1971), acteur populaire de théâtre et de cinéma polonais. On suppose qu'il a accepté le rôle pour protéger sa femme, d'origine juive. En 1948, après une condamnation par contumace du tribunal polonais, il est parti en Argentine.

J'ai failli m'évanouir.

« T'es fou ? Pourquoi tu l'as laissé partir ? Il n'y a pas assez d'eau sur le site ? Comment pouvait-on faire une chose pareille ? C'est de la folie de ta part. »

J'ai appelé quatre gars de confiance de mon groupe et je leur ai raconté ce qui s'était passé.

J'ai ajouté : « Les gars, on se disperse et on cherche partout, il faut qu'on soit tous de retour dans une heure. Pas une minute de plus, et si quelqu'un se fait choper, on répond qu'on cherche un Juif qui s'est échappé, et qu'il faut le rattraper. »

J'ai dit « Juif » comme si nous étions calvinistes ou anabaptistes – d'autant que plus d'un avait ses stigmates sémites sur le visage.

Il était très possible qu'il se cachait tout près, à attendre ce quelqu'un qui devait l'emmener avec lui.

Et nous, on avait tous l'air de clowns, créatures dignes de pitié et de compassion.

Comme notre camp n'avait pas encore reçu ces pyjamas rayés que l'on sait, et qu'on se baladait en civil, le commandant Amon Goeth a eu une idée vraiment machiavélique.

Il a fait peindre nos vêtements avec de la laque jaune. Pas de la peinture, mais un vernis permanent et brillant.

Sur le dos, du col jusqu'au bout de la veste, une bande de dix centimètres de large.

Sur le devant, sur les poitrines gauche et droite, les mêmes bandes, elles aussi de dix centimètres de large.

Sur le pantalon, sur l'une et l'autre jambe, à l'extérieur, également des bandes jaunes de dix centimètres de large.

Pour ne pas perdre une journée de travail, l'opération a été réalisée de nuit sur l'*Appellplatz*, sous les projecteurs.

On nous a confiés à des peintres amateurs. Il y avait plusieurs seaux de vernis et plusieurs pseudo-peintres.

Mis en file indienne, nous approchions un à un du seau, pour nous faire vernir.

Le vernis devait être appliqué en couche épaisse, et souvent il passait sur l'envers du tissu.

En nous regardant les uns les autres, on pouffait de rire : « De quoi as-tu l'air ! » – mais aucun ne pouvait se voir lui-même.

Et c'est dans ces tenues de cirque que nous nous sommes précipités à la recherche du fugitif, sans grand espoir de le retrouver.

Les autres nous regardaient comme si on était dingues.

En général, lorsque nous marchions en colonne, au travail et retour, le Polonais levait les yeux au ciel en nous voyant.

Nous sommes rentrés bredouilles.

Il ne restait plus qu'à téléphoner encore à Zdrojewski pour l'informer de la situation.

Au moment où je me rendais au bureau pour appeler le camp, le *Wächter* m'a accosté pour me dire qu'un homme se tenait à la porte et demandait à voir un M. X.

Celui-là même qui s'était évadé, et que nous cherchions en vain.

Nous avons immédiatement couru vers la porte. À notre vue, le monsieur a compris que quelque chose n'allait pas, et a cherché à déguerpir. Bien entendu, nous ne l'avons pas laissé filer.

Nous l'avons ramené dans la cour de l'usine, avant de procéder à une fouille minutieuse de ses poches et de ses vêtements.

Il s'agissait d'un Juif hongrois qui, soit avait le droit de vivre à Cracovie, soit s'y cachait.

Mais c'est un détail. Ce qui est important, c'est qu'il avait toutes les poches pleines des formulaires consulaires de différents pays, et une poche entière de tampons (caoutchoucs seuls, sans bois).

Il avait aussi un petit tampon encreur, pour bien tamponner les formulaires.

Bref, un consul ambulant de plusieurs pays, avec son bureau dans la poche.

Nous l'avons arrêté mais, pour ne pas l'enfoncer complètement, nous avons immédiatement brûlé tout l'équipement trouvé sur lui.

Le type qui s'était évadé attendait son arrivée, mais ses nerfs avaient lâché, et il s'était échappé plus tôt que prévu.

L'autre venait juste pour lui délivrer un document « consulaire » d'un pays quelconque, d'ailleurs pour un prix exorbitant.

Lorsque j'ai appelé Zdrojewski au camp pour lui raconter ce qui s'était passé, il n'a rien répondu.

Il a probablement balancé le combiné, car à peine notre conversation finie, il était déjà, dans sa voiture, sur le site de l'usine.

Sa cravache habituelle de SS dans la main droite, il s'est jeté comme un fou sur la porte du hall de l'usine et a rugi comme un lion : « *Kapo !* »

En un instant j'étais devant lui, au garde-à-vous, bombant le torse, en essayant d'adopter la meilleure position militaire possible.

« *Komm heraus !* » (« Sors ! ») a-t-il hurlé. Je me suis précipité dans la cour.

Comme à son habitude, Zdrojewski arpentait la cour de l'usine à grandes enjambées, tapant sans cesse avec sa cravache sur la tige de sa botte droite.

Je lui ai raconté, d'une voix ferme et dans un allemand correct, comment le *Wächter* était venu me rapporter qu'il y avait quelques heures, il avait laissé sortir un Juif, avec un seau, pour chercher de l'eau.

Comment pouvait-il faire une chose pareille ! que c'était sans aucune logique ! que c'était complètement stupide ! que c'était un homme irresponsable, qu'il nous mettait tous en danger !

Et, pour finir, j'ai planté une cerise sur son gâteau : « Heureusement, nous avons saisi un autre Juif qu'on garde dans la chambre, surveillé par deux hommes, pour qu'il ne s'échappe pas.

— C'est qui, celui-là ?

— Je n'en sais rien, mais il est venu à la porte de l'usine et a demandé à voir l'autre, celui qui s'était échappé. »

D'abord, Zdrojewski est allé voir le portier et l'a terriblement engueulé.

S'il ne l'a pas abattu, c'est parce que c'était un *Volksdeutsch*.

Je me tenais à distance, me gardant bien de m'approcher.

Puis il a hurlé : « Viens ici ! » J'ai couru vers lui en criant : « *Befehl Herr Schef !* » (« À vos ordres, chef ! »)

« Où est cet homme ? » m'a-t-il demandé. Je l'ai conduit dans une pièce du bureau où le délinquant était assis sur une chaise, et où deux gars se tenaient à côté de lui.

Zdrojewski est entré calmement et a regardé le « patient » ; au même moment, d'une voix sonore, j'ai ordonné à mes gars : « Au travail ! »

Ils ont quitté la pièce. Nous sommes restés à trois. Pendant un moment, il y a eu un silence de mort.

J'ai vu Zdrojewski se battre avec ses pensées et réfléchir à la situation.

Dire qu'il n'a pas, illico, tiré une balle dans la tête du prisonnier et dans la mienne !

Pour Zdrojewski, fumer une cigarette posait plus de problèmes que de flinguer dix personnes.

Pour lui, envoyer des gens *ad patres* était une chose normale. Sa vocation. Son *hobby*.

À un moment, il a dit à l'homme : « *Komm* » (« Viens »). Ils ont quitté la pièce et je les ai suivis.

Ils sont montés dans la voiture tous les deux.

Zdrojewski a démarré la voiture, en hurlant vers moi : « Présente-toi à mon bureau lorsque tu ramèneras ton groupe au camp. »

« Mon Dieu, pensai-je en me retrouvant à nouveau face à lui, c'en est fini pour moi. »

SILHOUETTE DE L'*OBERSTURMFÜHRER* ZDROJEWSKI [1]

Grand, yeux bleus, blond, très beau. Grade militaire de capitaine.

Avant la guerre, Zdrojewski vivait à Poznań.

Il faisait partie de ce que l'on appelait les « minorités nationales ». Les Juifs et les Ukrainiens appartenaient également à ces catégories.

Il descendait de colons allemands qui vivaient dans la voïvodie de Poznań.

Il avait fait ses études en Pologne et parlait bien le polonais, ce qu'il n'avouait pas, tant il se sentait allemand, de chair et de sang.

Il appartenait à la « cinquième colonne », autrement dit un réseau d'espionnage et de diversion sur le territoire polonais.

Zdrojewski en était le principal représentant et le chef pour un certain territoire, à savoir l'ensemble de la région de Grande Pologne (*Wielkopolska*).

Au début de la guerre, le sabotage interne a représenté à 90 % la cause de la défaite de la Pologne et de la victoire du *Blitzkrieg* (guerre éclair).

---

1. Edmund Zdrojewski (1915-1948) n'était que *Hauptscharführer SS*, grade correspondant au sergent-chef dans l'armée française. Goeth était *Hauptsturmführer SS*, grade correspondant à celui de capitaine.

Tu n'avais que six ans au début de la Seconde Guerre mondiale, mais tu te souviens sans doute que, pour la Pologne, elle était perdue dès les premières heures.

L'armée de l'air, les chemins de fer et les moyens de communication ont été bombardés si pleinement, qu'aucun poste de commandement ne pouvait communiquer avec un autre, ce qui a provoqué un chaos indescriptible. Chacun combattait comme il pouvait.

Aussitôt après l'entrée de l'armée allemande en Pologne, Zdrojewski a revêtu l'uniforme des SS.

Il a immédiatement été affecté à la mise en place des camps de concentration et coopté par Goeth.

Goeth étant d'un grade supérieur, il est devenu commandant du camp et Zdrojewski était son adjoint.

C'était un sadique et un meurtrier de naissance et par passion.

J'ai vu de mes propres yeux comment Zdrojewski a massacré le *Julag*[1] (unité extérieure de notre camp), c'est-à-dire trois cent cinquante jeunes gens, en leur tirant des balles dans la nuque à l'aide d'un pistolet automatique.

---

1. *Judenarbeitslager I* (camp de travail pour Juifs), liquidé le 15 novembre 1943.

Il leur a d'abord ordonné de creuser un énorme trou, puis leur a dit de se mettre nus. Ils descendaient un à un dans la tombe, et il leur tirait une balle dans la nuque.

Il se tenait lui-même dans la tombe, sa casquette repoussée à l'arrière de la tête, fumant cigarette sur cigarette, tandis qu'un autre SS se tenait à l'extérieur en lui passant en permanence un pistolet rechargé lorsqu'il avait vidé le précédent.

Et ce type me dit : « Présente-toi à mon bureau lorsque tu ramèneras ton groupe au camp. » Aujourd'hui encore, j'ai des frissons rien que d'y penser.

Il y a une chose qui me travaille toujours, mais je n'ai jamais abordé le sujet avec la personne en question.

Lorsque nos promenades en dehors du camp étaient finies, et que, sur la colline de Płaszów, on a créé des usines, appelées « *GEMEINSCHAFT* » (« unité » ou « entité » : serrurerie, ferblanterie, couture, lingerie et d'autres), j'ai travaillé comme simple ouvrier dans la *Gemeinschaft* de la ferblanterie.

Je ne sais plus pourquoi, je suis allé une fois chez les serruriers où je me suis retrouvé nez à nez avec l'homme qui avait pris un seau pour aller chercher de l'eau, en oubliant de revenir, et à la place duquel nous avons attrapé ce « consul de poche ».

Nous sommes restés un moment à nous regarder sans rien dire.

Cela a duré au moins deux ou trois minutes. Finalement, je suis parti sans un mot.

Je me demande encore ce qu'il aurait fallu faire avec celui-là.

Après tout, il m'avait, en toute conscience, mis en danger de mort, et ce n'est que par miracle (même si je ne crois pas aux miracles) que j'y ai échappé.

Lui en foutre une sur la gueule n'aurait pas réglé le problème, et aurait pu déclencher une bagarre aux répercussions imprévisibles.

Aller le dénoncer aux autorités serait le condamner à mort, ce qui n'est ni dans ma nature ni dans mon caractère.

La question est maintenant de savoir où et dans quelles conditions il a été rattrapé.

Il n'a certainement pas avoué son nom, ni le fait de s'être déjà évadé une fois, car il aurait été abattu sur-le-champ.

Apparemment, il n'avait pas d'autres pièces d'identité sur lui qu'une gueule sémite et une bite circoncise.

Je ne sais pas non plus ce qu'il est advenu de l'homme arrêté que Zdrojewski a emmené en voiture au camp.

Lorsque j'ai fait remonter le groupe sur la colline, et que je suis entré dans le bureau, j'avais les jambes en coton.

« Raconte-moi encore une fois comment cela s'est passé », a dit Zdrojewski.

Je me suis mis à réciter encore une fois la même chose.

Que le gardien est irresponsable, que toute l'équipe essaie de travailler avec diligence et d'obéir aux ordres de ses supérieurs.

Et maintenant, une douceur : que nous comprenons bien que nous ne sommes que des Juifs.

« *Ja, ja !* » a-t-il répondu, en se levant, et il s'est mis à marcher de long en large dans la pièce.

Quand il marchait comme ça, ce n'était jamais de bon augure.

Je pouvais lire sur son visage qu'il se demandait s'il devait ou non me tirer une balle dans la tête. Ou peut-être pensait-il : « De toute façon, il ne m'échappera pas. »

C'étaient des secondes, peut-être des minutes – et pour moi des mois ! des années !

J'entendais mon cœur battre comme un tambour, comme un tam-tam africain.

Et soudain j'ai entendu « *HAU AB !* », ce qui veut dire « Dégage ! ». J'ai répondu « *Befehl !* », et sans me retourner, mais en avançant le dos à la porte, comme les subordonnés de Napoléon, j'ai quitté le bureau.

J'ai pleuré. J'ai pleuré comme un gosse. La douleur me déchirait la poitrine. Et c'est en larmes que je suis rentré au baraquement.

Je me suis couché à ma place, tombant dans un sommeil de plomb.

Troisième et dernier faux pas dans ma carrière de *Kapo*, et ma troisième confrontation avec Zdrojewski.

Un jeune homme travaillait dans notre groupe.

Je ne me souviens pas de son nom et je ne pense pas l'avoir jamais connu.

Pas un type très intéressant. Calme, un peu mollasson.

Il se distinguait surtout par une tache bleu sang, grande comme la main d'un bébé, qu'il avait sur un côté du visage.

Tu as certainement rencontré dans ta vie des personnes ayant, sur le visage ou sur le cou, une telle vilaine tache de naissance.

Apparemment, ses parents possédaient à Cracovie, rue Długa, un magasin de papier et de papeterie.

Ses parents ont été envoyés dans un camp de la mort, et il est resté seul. C'est tout ce que je peux dire sur lui.

À six heures du soir (il faisait déjà gris – c'était le crépuscule), les Ukrainiens (*Vlasovtsy*) sont venus nous chercher à l'usine.

Ils étaient nombreux cette fois-ci, beaucoup plus que d'habitude.

Ils portaient leurs uniformes noirs et des fusils sur l'épaule.

Comme je l'ai déjà dit, ils nous amenaient et nous escortaient jusqu'au camp.

Soudain, ils se sont dispersés comme une volée de pigeons, et il n'en restait que deux pour nous garder.

Je crois que, chaque jour, un groupe de femmes polonaises les attendait devant la porte d'entrée, pour leur vendre de la vodka fabriquée à base de pommes de terre ou de betteraves.

Ils n'avaient pas beaucoup d'argent liquide, donc ils payaient sans doute avec diverses choses pillées aux Juifs dans le camp.

Ils accaparaient le plus de choses possibles en pillant ceux qu'on ramenait constamment de la ville pour les fusiller sur la *Chujowa Górka* [1] (« colline des Bites »).

---

1. « *Chuj* » veut dire « bite », mais « *chujowy* » signifie « terrible, à chier ». Jeu de mots vulgaire et intraduisible utilisé à tout-va par les prisonniers.

Les condamnés recevaient l'ordre de se déshabiller et, avant même que les SS ne prennent soin de leurs affaires, les *Vlasovtsy* en avaient déjà chouravé 90 %.

Je me souviens d'une fois où ils ont amené sur la place toute une noce, avec mariés, témoins, invités, chevaux et charrettes.

Tous, sauf les chevaux et les charrettes, ont été massacrés, aspergés d'essence et brûlés.

Nous étions alignés par quatre, dans la cour, depuis plusieurs minutes.

Les deux Ukrainiens restés avec nous se sont mis à nous compter.

L'un d'un côté, l'autre de l'autre, chaque petite rangée de quatre détachée d'un geste de la main.

« Quatre ! huit ! douze ! seize ! [1] », etc.

Quand ils ont fini de compter, et le compte était bon, ils s'écriaient : « C'est correct ! c'est bon ! putain de merde ! »

« C'est ça, Petrov ! Par ici ! Non, par ici, fils de pute ! » hurlaient-ils l'un à l'autre.

À ce moment-là, les autres sont revenus en grosse bande, et celui, plus âgé, qui semblait les surpasser en rang, a ordonné : « Allez, on recompte ! »

1. Dans la scène originale – un russo-ukrainien approximatif, dicté par la mémoire.

Les deux qui, il y a un instant, nous avaient déjà comptés, se sont jetés sur lui, en hurlant : « Va te faire foutre, fils de pute, on a tout compté, c'est bon ! »

Et l'autre, sans s'énerver, a répondu très calmement : « M'en fous, on recompte. »

Il recompte lui-même toute la colonne – il en manque un.

Il compte encore une fois, il y en a toujours un qui manque.

« Comment vous avez compté ?

— Mais on a bien compté ! »

Et ils recomptent, tous ensemble. Et c'est vrai, il en manque un.

Nous sortons du rang, mon adjoint et moi-même. Nous comptons à notre tour, et effectivement, il en manque un.

Panique dans les rangs, pour des raisons évidentes.

Voilà un troisième qui s'évade, alors que John, un SS, a averti tout le monde que si un seul s'évade encore, ils en fusilleront cinquante.

John tenait une autre section, heureusement pas la nôtre. La première fois, il en a abattu dix. La deuxième, il en a tué vingt, et c'est là qu'il a promis que la troisième fois, ce serait cinquante.

Pendant l'exécution de ces vingt, l'incident suivant s'est produit.

Le garçon qui s'était échappé avait dans le camp de Płaszów un père, un frère et une sœur.

Lorsque John s'apprêtait à sélectionner les vingt personnes à fusiller, il a d'abord vérifié si l'évadé avait de la famille dans le camp.

Aux dix-sept personnes choisies, on a donc ajouté ces trois personnes.

Voyant l'*Obersturmbannführer* [1] John, qui devait assister personnellement à l'exécution, la sœur de l'évadé, jeune fille bien roulée, est sortie rapidement de la file d'attente et, courant vers lui, lui a parlé dans un allemand très correct : elle demandait à être fusillée la première, parce que l'autre n'était pas son frère, mais un vulgaire meurtrier.

Il savait bien qu'il avait un vieux père, un frère et une sœur, et ne pouvait ignorer ce qui les attendait s'il s'enfuyait, et puisqu'il s'est enfui quand même, il n'est ni un frère ni un fils, mais un simple assassin.

« Non, je ne te fusillerai pas. Mets-toi de côté », dit-il, en ordonnant à l'Ukrainien de l'écarter.

---

1. Le grade militaire *Obersturmbannführer* désignait un grade d'officier chargé dans l'organisation nazie de commander des unités de taille intermédiaire ou des sections spécialisées, notamment dans la police et les services de sécurité.

La pauvre fille a assisté à toute l'exécution, avant d'être escortée jusqu'aux baraquements.

Vas-y, dis-moi, s'il est encore possible de rester un être normal après une chose pareille.

De telles expériences ne laissent-elles pas une marque indélébile sur le psychisme d'une personne ?

Pour revenir à notre comptage, j'ai crié : « Qui sait qui a disparu ? » Et nous avons tout de suite constaté que c'est le type avec la tache sur le visage qui n'était plus là.

Nous l'avons cherché pendant une heure, presque jusqu'à la nuit tombée, mais le type s'est fondu dans le décor.

J'ai expliqué aux *Vlasovtsy* : « Après tout, vous nous avez comptés, et le compte était bon, non ? »

Je leur ai également dit qui était celui qui manquait, celui qui avait une tache sur le visage, et que sa place était au troisième rang.

Ils m'ont confirmé qu'ils l'avaient vu, mais « où diable est-il passé ? ».

Comme je l'ai appris plus tard, il y avait par là un tonneau de carbure de tungstène vide.

Il avait dû préparer ce tonneau par avance, et le mettre à l'envers.

Je ne sais pas comment il a réussi à s'y glisser en présence de tout le monde.

Il n'est venu à l'esprit de personne, pendant qu'on le cherchait, de retourner le tonneau : il aurait été retrouvé illico.

Apparemment, le lendemain il traînait encore dans les parages, et il a été abattu.

Comme d'habitude, après avoir escorté le groupe jusqu'au camp, je devais me présenter chez Zdrojewski, dans son bureau.

Les copains m'ont dit adieu, et plus d'un d'entre eux craignait pour lui-même au cas où Zdrojewski voudrait utiliser la méthode de John (cinquante pour un).

Lorsque je leur ai parlé plus tard, pas un seul ne doutait un instant que c'en était fini de moi.

Quand j'ai tout raconté à Zdrojewski, il s'est mis en rage !

J'ai particulièrement insisté sur le fait que les *Vlasovtsy*, au lieu de surveiller les prisonniers, allaient acheter de la gnôle chez les Polonaises.

Ensuite, lorsque j'ai livré mon groupe aux Ukrainiens, l'homme était là, bien au troisième rang, et le compte était bon.

Les deux qui en ont repris le contrôle l'ont découpé en petits groupes de quatre, et ils m'ont confirmé que c'était bon.

Et c'est en attendant les autres gardes, le temps qu'ils terminent leur petit commerce de gnôle, que l'homme s'est évaporé.

J'ai dû insister de toutes mes forces sur cette affaire de gnôle et sur la négligence des Ukrainiens pour me dédouaner autant que possible.

Il a immédiatement appelé le poste de garde et, pendant ce temps, il se promenait comme un lion en cage.

Au bout d'un moment, les deux *Vlasovtsy* qui ont compté en premier, et le plus âgé qui a recompté, sont apparus.

Les deux ne parlaient pas un mot d'allemand. Le troisième parlait un allemand approximatif, à la russe.

Ils ont tout raconté à Zdrojewski et répondu à ses questions, le plus âgé faisant le traducteur.

Oui, ils comptaient ! Et c'était bon ! « Ben oui, c'était *kharacho* (bien) ! Comprends rien, bordel ! J'ai vu de mes propres yeux ! Quel fils de pute ! » Et ils ont fini par s'engueuler bruyamment.

Je restais là, immobile comme un roc. Comme ces monuments de pierre dans le parc du Docteur Jordan à Cracovie.

J'avais l'impression que mes jambes avaient pris racine, et que chacune pesait cent kilos.

Je devais être pâle comme un cadavre, pas une goutte de sang sous la peau.

J'ai entendu Zdrojewski leur ordonner : « *Ruhe ! abtreten !* » (« Silence ! dehors ! »)

Il a fait deux ou trois fois le tour de la pièce ; on pouvait voir qu'il bouillait d'irritation.

À cet instant, la porte du bureau s'est ouverte et un *Wachmann* allemand, le gardien de l'entrée du camp, est entré. Dans une main, il tenait une petite motte de beurre enveloppée dans du parchemin, et de l'autre il poussait devant lui un jeune homme juif.

Il a rapporté à Zdrojewski que le Juif faisait partie d'une unité qui se rend chaque jour au cimetière juif de Cracovie pour y démonter des pierres tombales.

Qu'il avait procédé à une fouille personnelle de tout le groupe au retour au *Lager* (le camp), et que dans la poche de celui-ci il a trouvé cette motte de beurre.

« Bon, tu peux partir », dit Zdrojewski au *Wachmann*.

« Eh, alors, parle ! » demanda-t-il à l'homme, tout en lui assénant deux coups de cravache au visage.

« Eh ben, t'as rien à dire ? » – et deux autres coups de cravache au nez et aux yeux.

Et c'est alors que le garçon a parlé, dans un allemand approximatif, plus juif qu'allemand.

« Chef, je ne recommencerai plus, plus jamais ! »

Tout cela, sur un ton suppliant, pitoyable. D'une voix brisée, exactement ce qu'il ne fallait pas faire avec les SS, et surtout pas avec Zdrojewski.

Et Zdrojewski a répondu : « Que ce soit la dernière fois, j'en suis plus que certain », et il lui appliqua deux nouveaux coups féroces sur la tête.

« *Geh' heraus !* » (« Sortez ! ») a-t-il hurlé, en le poussant vers la sortie avec la cravache.

Quand ils étaient dehors, j'ai entendu deux coups de pistolet, et Zdrojewski est retourné dans le bureau, en boutonnant le holster où il venait de remettre son pistolet.

Imagine mon état. J'avais de grosses gouttes de sueur sur le front et sous le nez.

Une douleur monstrueuse me déchirait les tempes. Je sentais et j'entendais chaque battement de mon cœur.

Une seule pensée terrible traversait ma conscience. La prochaine balle pour moi !

En entrant dans le bureau et en bouclant son holster, il a dit : « *Du hast Schwein, dass der Kommandier nicht hier ist. Kannst gehen.* » Ce qui signifie : « Tu as de la chance que le commandant ne soit pas là, tu peux partir. »

J'avais toujours en tête, grâce à de nombreux exemples, qu'il ne fallait jamais remercier les SS.

J'ai simplement dit « *Befehl !* » et, me retirant le dos à la porte, je suis parti.

Sur les quelques centaines de mètres qui me séparaient de mon baraquement, j'ai chialé comme un bébé, je n'arrivais pas à me calmer.

Le garçon, que Zdrojewski a assassiné m'a sauvé la vie.

À cet instant particulier, Zdrojewski devait impérativement mettre une balle dans la tête de quelqu'un, assouvir sa passion, sa pulsion intérieure qui l'obligeait à donner la mort.

Tout comme un toxicomane rentre sous une porte cochère pour s'administrer, même à travers ses vêtements, la dose de morphine qui lui procurera un bref soulagement, à cet instant précis Zdrojewski devait tuer quelqu'un.

Qu'il repose en paix. Trente-deux ans se sont écoulés depuis ce moment.

De lui il ne reste plus rien, et moi je traîne toujours ma carcasse.

***

Lorsque la guerre s'est terminée, et que les Américains ont regroupé des centaines de milliers de soldats allemands dans des camps de prisonniers, tous les officiers arrachaient leurs galons.

Dans l'un de ces camps, une commission de recherche des criminels de guerre est tombée sur ces deux hommes, le commandant Goeth et son adjoint Zdrojewski.

Leurs crimes ayant été commis à Cracovie et dans la voïvodie de Cracovie, ils ont été extradés en Pologne, pour être jugés à Cracovie.

Leur procès a eu lieu en 1945, ou au cours du premier trimestre de 1946, et ils ont tous deux été pendus à la prison Saint-Michel [1].

Des centaines de personnes ayant survécu au camp et ayant eu la « chance » d'entrer en contact avec ces hommes ont essayé par tous les moyens de pénétrer dans la salle d'audience.

Je n'essayais même pas. Je n'avais aucune envie de rencontrer à nouveau Zdrojewski, même si, dans cette situation, je ne courais aucun danger.

Mais revenons au camp. Lorsque je suis retourné au baraquement, j'ai été accueilli par mes compagnons

---

1. Amon Goeth a été jugé seul entre le 27 août et le 5 septembre 1946, et pendu le 13 septembre à la prison Saint-Michel de la rue Montelupi à Cracovie. Il a été le premier criminel nazi exécuté pour ses crimes, avant les accusés de Nuremberg. Zdrojewski a été jugé avec dix-huit autres, entre le 8 et le 18 janvier 1948, et pendu le 30 octobre 1948, dans la même prison.

d'infortune avec des acclamations spontanées, des poignées de main et des félicitations.

J'ai dit à haute voix : « Messieurs, je vais demander à être transféré dans un autre commando. »

Cette fois-ci, bien que complètement épuisé, je ne suis pas allé me coucher. Je me suis rendu au poste de travail de l'*OD*, *Ordnungsdienst*, et j'ai demandé à être présenté au commandant du service.

Le commandant était un jeune merdeux qui s'était laissé enivrer par le pouvoir et qui s'appelait Hilewicz.

Sa femme, une salope pire encore, était la cheftaine de l'*OD* pour les femmes.

Elle portait un uniforme comme les Allemandes, ces bottes dites *Lagerkommendant* à haute tige, et une cravache dont elle ne se séparait jamais.

On disait qu'elle dormait avec.

J'étais déjà depuis longtemps à Mauthausen lorsqu'ils ont été liquidés – d'une balle dans la nuque, pour avoir fidèlement servi le Reich millénaire.

Hilewicz m'a reçu en me demandant : « Qu'est-ce que tu veux ? »

J'avais au moins quinze ans de plus que lui, mais il me tutoyait, alors que je lui servais du « monsieur le directeur ».

« Je suis le frère de Dudek (Dudek était aussi un homme de l'*OD*).

— Je sais, et puis ? a-t-il répondu.

— Je voudrais être transféré dans un autre commando. »

Je lui ai tout raconté en terminant par : « La quatrième fois risque d'être la bonne. »

— Alors, qu'est-ce que je vais faire avec toi ? s'est-il interrogé.

— Si je le demande à un autre *Kapo*, il va me faire des histoires, faudra le prier, alors que vous lui donnerez un ordre et il devra obéir. »

Cette phrase a marché. « Viens », dit-il, et il a saisi sa cravache.

De même qu'un maréchal reçoit un bâton le jour de sa promotion, et le tient à la main pendant la cérémonie, quiconque avait la moindre autorité au camp trouvait de bon ton de porter une cravache.

Il m'a accompagné chez les serruriers. Le responsable de toute cette bande de serruriers était un autre homme de l'*OD*, nommé Ehrlich.

Il lui a dit : « Écoute, il travaille pour toi à partir de maintenant, c'est le frère de Dudek.

— Je sais, je le connais après tout. »

J'ai remercié Hilewicz, qui nous a quittés.

« Dans quelle baraque tu dors ? » m'a demandé Ehrlich.

Je lui ai donné le numéro, dont je ne me souviens plus aujourd'hui.

« Viens demain à une heure et demie pour l'appel, tu iras avec les équipes de l'après-midi. »

Lorsque nous sommes sortis du camp avant deux heures, moment où Zdrojewski recevait les rapports lui présentant les effectifs et le nom du poste, il m'a remarqué au milieu d'un groupe autre que celui que je menais d'habitude.

Il m'a interpellé : « *Kapo, du bist hier ?* » (« Capo, t'es là ? »)

J'ai répondu : « *Jawohl Herr Scheff !* » (« Oui, chef. »)

Il m'a fait une sorte de clin d'œil, ou peut-être je l'ai juste imaginé.

En tout cas, j'ai eu beaucoup de chance avec Zdrojewski, et il avait un faible pour moi.

Peut-être était-ce parce que je « raisonnais » tout à fait correctement en allemand et que j'expliquais, avec fermeté et précision, tous les faits qui avaient contribué à l'évasion de ces trois personnes.

Mais qu'est-ce que cela signifiait pour un homme qui, de sang-froid et avec tout le sadisme possible, avait mis une balle dans la nuque de milliers de personnes ? Ce n'était rien de m'en mettre une aussi.

Si Goeth avait été dans le camp à ce moment-là, je ne serais certainement pas en train d'écrire ces mémoires.

À cet instant, je me suis rappelé quelque chose, et je dois revenir jusqu'en 1940, c'est-à-dire jusqu'à notre séjour à Varsovie.

Lorsqu'ils ont commencé à construire à Varsovie le prétendu *Judewohnviertel* ou « quartier résidentiel juif », qu'ils ont ensuite entouré d'un mur et transformé en ghetto, au début on pouvait se balader partout à Varsovie, et après sous aucun prétexte, c'était fermé.

Nous avons quitté, tous les quatre, notre immeuble inachevé, où maman s'était installée avec toi et Annette après Cracovie, pour déménager au numéro 40 de la rue Chłodna.

Nous partagions l'appartement avec des étrangers.

Un jour, je suis sorti le matin, pour rentrer vers trois ou quatre heures.

À l'angle des rues Żelazna et Chłodna, j'ai remarqué un groupe de Polonais qui regardaient « quelque chose ». Je me suis arrêté, et j'ai demandé : « Que s'est-il passé ? »

Ils ont remarqué le bandeau sur mon bras gauche, et m'ont répondu : « N'y allez pas, regardez. Il est là depuis le matin et il leur tape dessus impitoyablement comme ça. »

J'ai donc regardé moi aussi.

Au coin de la rue se tenait un SS, un grand gaillard, et dès qu'il voyait un Juif qui passait, il lui ordonnait de s'approcher, et lui assénait un coup sur la mâchoire.

La maison à l'intersection de deux rues (elles n'existent plus aujourd'hui) avait une sorte d'arcade, comme des galeries, afin de rendre le passage au coin de la rue moins dangereux.

Je suis resté comme ça pendant une heure à regarder ce massacre, jusqu'à ce que ça me lasse.

Je me suis concocté une théorie « philosophique » : si je glisse derrière son dos, il ne me remarquera pas.

Alors que je croyais déjà avoir réussi, j'ai soudain entendu un rugissement de lion : « *Komm hier !* »

Aucune idée de comment ce salaud m'avait remarqué. Je suis revenu sur mes pas et me suis placé devant lui.

Au même moment, il m'a appliqué un crochet du droit, digne d'un champion des poids lourds, genre Mohammed Ali, alias Cassius Clay.

C'était comme un coup de massue en pleine tête.

Au premier instant, j'ai eu l'impression que quelque chose a craqué dans ma tête, je suis sûr d'avoir perdu connaissance pendant deux ou trois secondes.

Lorsque j'ai ouvert les yeux, mon premier réflexe a été de toucher ma tête pour vérifier si elle était encore là, plantée sur mon cou – ou si elle s'était déjà décrochée.

J'aurais parié que c'était un boxeur professionnel, qui, faute d'entraînement dans l'armée, s'entraînait sur des Juifs sans défense.

Je suis rentré à la maison, à cinquante mètres du lieu de l'incident.

Ta maman, voyant mon visage, paraît-il d'un gris terreux, s'est effrayée et m'a demandé ce qui s'était passé.

« Un SS m'a frappé », ai-je répondu. J'ai pris deux cachets et je me suis couché.

Combien de temps ai-je dormi ? Je n'en sais rien. Lorsque je me suis réveillé et que j'ai passé les mains sur mon visage, puis sur ma tête, j'ai senti tomber mes cheveux.

Au milieu du front, il y avait toujours une touffe de cheveux large de deux centimètres, et, plus haut, une calvitie ronde, de la taille d'une montre à gousset.

C'était à la fois drôle et tragique.

Il y avait des cheveux noirs tout autour et, en plein milieu du front, un trou rond, chauve jusqu'à l'os.

J'ai couru chez mon voisin, dans la même maison, un certain M. Bentman (Varsovien de naissance), pour qu'il me donne l'adresse d'un dermatologue.

Quand il a vu ma tête, il m'a demandé : « Qui vous a fait ça ? »

Je lui ai raconté toute l'histoire, mais il n'a pas voulu me croire.

« Peut-être que quelqu'un a passé un rasoir sur votre crâne, et vous ne vous en souvenez pas.

— Je ne suis pas encore complètement fou, j'ai bien un trou dans la tête, mais pas plus loin que le crâne », ai-je répondu.

Il m'a donné l'adresse d'un médecin qui vivait dans la même rue, mais il fallait passer par le célèbre coin de la rue Żelazna, où ce SS s'entraînait pendant des heures sur des Juifs.

J'ai jeté un œil sur la rue en entrouvrant la porte. Il n'y avait personne, ce qui signifiait qu'il avait déjà assez cogné ce jour-là.

Je suis allé voir le médecin : « neurologue et dermatologue ».

Il avait donc deux spécialités et s'appelait Dr Higier. J'ai sonné, une femme m'a ouvert.

Fille ou épouse – bonne, certainement pas.

À l'époque du culte de la race nordique, les Juifs, en tant que « sous-hommes », n'avaient pas le droit d'avoir des domestiques.

Dans le couloir, elle m'a indiqué la porte de droite et m'a dit : « Entrez, je vous en prie. »

Je suis entré dans une pièce peu éclairée, très encombrée.

Elle était très grande et, dans un coin, se trouvait un bureau derrière lequel était assis un homme massif, un peu comme Orson Welles.

Sourcils broussailleux, grosses pattes, il fredonnait in petto, d'une voix de basse, mais assez fort, un air de *La Juive* de Halévy. « Rachel, quand du Seigneur la grâce tutélaire… j'avais à ton bonheur », etc.

Sans lever les yeux sur moi, il a soudain demandé : « Alors, qu'est-ce qui s'est passé ? »

« L'un de nous deux est dingue », j'ai pensé.

Je lui ai dit que mes cheveux étaient tombés, comme ça, tout d'un coup.

Sans se lever, il m'a demandé de m'approcher, a pris une loupe, m'a fait pencher la tête et pendant un long moment a fixé l'endroit.

« Avez-vous vécu une sorte de choc nerveux ? » m'interrogea-t-il.

Je lui ai raconté ce qui s'était passé. « Eh bien, voilà. Eh bien, voilà. C'est simple comme un et un fait deux, comme deux et deux font quatre, comme trois et trois font six, et ainsi de suite.

Je vais vous prescrire un petit baume, vous en prendrez un peu sur un coton trois fois par jour, et vous tamponnerez. Ne frottez pas fortement, tamponnez simplement.

Comprenez-vous ce que veut dire tamponner ?

— Oui, docteur, je comprends, ai-je répondu.

— Et vos cheveux repousseront comme ils étaient avant. Ou plutôt pas comme avant, mais comme maintenant.

— Combien je vous dois, docteur ? demandai-je.

— Vous avez trop d'argent, c'est ça ? me répondit-il.

— Je n'en ai pas de trop, malheureusement, mais c'est une visite médicale.

— Ne vous en faites pas, a-t-il dit, rentrez chez vous. » Et il n'a pas pris un centime.

Lorsque j'ai raconté à mon voisin ce qu'il a fait, il m'a dit : « Et vous ne saviez pas que le Dr Higier était dingue ? Tout Varsovie le sait. »

Peu de temps après ma visite chez lui et le tamponnage ponctuel, mes cheveux ont repoussé.

*
* *

Revenons à Płaszów.

Le commandant du camp Amon Goeth, psychopathe et paranoïaque, était le seigneur et maître de dix-huit mille personnes, hommes et femmes, et, conformément à la doctrine du *Reichsführer* Himmler, selon laquelle le peuple juif devait être éradiqué, son comportement allait rester impuni.

Impuni, évidemment, selon les principes juridiques de l'Allemagne nationale-socialiste. La Bible et l'inspiration pour une pareille conduite, c'était la phrase de Hitler : « La loi c'est ce qui est bon pour le peuple allemand. »

Comme beaucoup de SS agissant dans les arrières de l'armée allemande, Goeth devait maintenir l'impression d'être indispensable à toute la « machine d'extermination », pilier du régime nazi.

Pour la Gestapo elle-même, le camp restait « extraterritorial » en tant que royaume du commandant.

À l'intérieur du camp, Goeth s'est fait construire par les prisonniers un luxueux palais qu'il a aménagé avec les plus beaux meubles confisqués aux Juifs.

Dans ce palais il organisait des fêtes nocturnes, et invitait l'état-major de la Gestapo, car il voulait, d'une part, entretenir avec elle de bonnes relations de « voisinage » et, d'autre part, faire étalage de ses accomplissements.

Les invités étaient divertis toute la nuit par un orchestre (un trio) composé du violoniste Herman Rosner, de l'accordéoniste Leopold Rosner (oncles de Rysiek Horowitz) et du pianiste Jerzy Gärtner, directeur après-guerre de l'orchestre de la radio polonaise à Cracovie en tant que Jerzy Gert [1].

L'orchestre était vêtu de smokings, gardés dans un casier spécial à la villa de Goeth.

Lorsque les musiciens arrivaient, ils enfilaient leurs smokings, et lorsqu'ils partaient, ils remettaient leurs habits quotidiens – des guenilles.

Ils ne pouvaient jouer que ce que le maître de maison ordonnait, et, en tant que Viennois, fils d'un libraire et d'un éditeur de partitions, il connaissait très bien la musique.

---

1. Herman (Henryk) Rosner (1905-1995), Leopold Rosner (1918-2008). Jerzy Gert, de son vrai nom Ignacy Izaak Gärtner (1908-1968), chef d'orchestre et compositeur polonais, fut l'élève de Hanns Eisler, Alban Berg et Arnold Schönberg. Il fut interné à Płaszów, Mauthausen et finalement Ebensee, où il a retrouvé la liberté. Après la guerre, il a été pendant de longues années directeur de nombreuses institutions musicales de Cracovie. Tous les trois, comme on peut le voir, ont survécu à Goeth. Gert est décédé pendant la campagne antisémite en Pologne communiste.

Ils se déchaînaient – jusqu'à ce qu'on leur dise d'arrêter, parce qu'ils n'auraient jamais osé arrêter de leur propre gré.

Soumis à cette permanente psychose de peur, ils étaient à peine capables d'exécuter ces pièces avec précision.

Lorsque le maître de maison était bien bourré, il se mettait devant le violoniste et disait d'une voix forte : « *Du dreckiger Jude, du spielst ganz gut, aber trotzdem lege ich dich mal um* », c'est-à-dire : « Sale juif, tu joues pas mal, mais je vais quand même t'abattre un jour. »

Une belle perspective – hein ? – pour le « trio » qui amusait ces surhommes, futurs maîtres du monde.

Un jour, après une nuit d'ivresse, alors que les invités se sont dispersés, Goeth a quitté le palais à six heures du matin pour se diriger vers l'*Appellplatz*.

Où l'attendaient des colonnes de prisonniers, alignés par centaines, vingt-cinq rangs par quatre pour chaque centaine.

Le commandant adjoint, le SS Zdrojewski, alignait ces colonnes avant de les expédier au travail.

Goeth est passé devant les colonnes, où chacun essayait d'adopter la posture obligatoire, en levant la tête tout droit et en bombant le torse.

À l'image de ce qu'on voit à la télévision, lorsqu'une parade militaire accueille à l'aéroport un visiteur d'un pays étranger – un président ou un diplomate – et qu'il passe devant les colonnes.

Soudain, on a entendu deux coups de feu, et les mots de Goeth adressés à l'homme qu'il venait d'abattre : « *Warum schaust du mir so blödsinnig in die Augen ?* » – ce qui signifie : « Pourquoi me regardes-tu si bêtement dans les yeux ? » Un silence de mort, tout le monde baisse la tête.

Une douzaine de secondes plus tard, deux nouveaux coups de feu et des mots prononcés par le même : « *Warum schaust du mir nicht in die Augen, was ?* » – ce qui signifie : « Pourquoi ne me regardes-tu pas dans les yeux, hein ? »

Dans ce cas, il lui a suffi que quelqu'un le regarde, ou ne le regarde pas dans les yeux.

Paranoïaque ! Assassin ! De naissance, et par pur plaisir de tuer.

Goeth avait une maîtresse. Une jeune Italienne, très belle fille. Elle s'appelait Majola.

Comme elle avait exprimé le désir de monter à cheval, et qu'elle ne l'avait encore jamais fait, elle devait prendre des leçons d'équitation que Goeth ne pouvait pas lui donner, même s'il montait bien à cheval. L'idée de la fille était de se présenter plus tard à Cracovie (« capitale » du *Generalgouvernement*) à cheval, avec son très bel amant Goeth, qui mesurait un mètre quatre-vingt-dix.

Je ne peux pas imaginer qu'un sadique comme Goeth ait jamais pu éprouver des sentiments profonds pour une femme, c'est-à-dire qu'il ait pu être un amant plein de bonté et de tendresse.

Pour lui, Majola n'était sans doute que ce qu'une vache est pour un taureau.

Le dégénéré était entièrement absorbé par son camp, par le plaisir d'envoyer quotidiennement quelques personnes vers l'au-delà, et il n'imaginait certainement pas donner à une fille des leçons d'équitation.

Il ordonna au commandant de l'*OD* (*Ordnungsdienst*) de chercher un bon cavalier parmi les *Häftling* du camp, et termina son ordre comme à l'accoutumée : « Si vous ne m'en trouvez pas un dans l'heure, je vous ferai pendre. »

Et en effet, ils ont trouvé un jeune Juif de vingt-huit ans, très beau, nommé Kornhauser, qui avait servi dans la cavalerie et faisait du cirque à cheval, ce que d'ailleurs il refusait d'admettre.

Goeth lui a fait confectionner un très bel uniforme de cavalier, des bottes à tige, une casquette de jockey, et tous les jours avant midi, Kornhauser quittait le camp avec Majola.

La route menait aux Błonia[1] de Cracovie, à la forêt Wolski. Après quelques heures, ils revenaient au camp.

Kornhauser avait reçu l'ordre de Goeth de rester toujours derrière l'amazone.

Ils étaient les seuls à savoir comment ils chevauchaient en dehors du camp car, comme il devait lui donner des leçons, il ne pouvait pas parler à la queue de son cheval.

Il ne pouvait pas le dire à Goeth, car pour lui, il n'y avait qu'une seule réponse : « À vos ordres, commandant. »

Un jour, par inadvertance, ils sont entrés dans le camp par la porte d'entrée principale, l'un à côté de l'autre.

Goeth l'a probablement remarqué depuis les fenêtres de son palais, car celui-ci était précisément situé en face de la porte principale.

Pendant que Kornhauser sautait de son cheval et tenait le cheval de Majola par la bride pour qu'elle puisse descendre, Goeth sortit de sa résidence.

« *Na ja, schön, drehe dich um und Lauf!* » cria-t-il, ce qui signifie : « Bien, bien, tourne-toi et

1. Un espace vert de quarante-huit hectares à Cracovie, lieu de la messe historique célébrée par Jean-Paul II en 1979.

décampe ! » Et en quelques coups de feu, il l'a abattu sur place.

*
* *

Un soir, il a fait chercher dans le camp dix dactylographes compétentes, des femmes.

Sur les dix-huit mille personnes que comptait le camp, dont au moins 65 % de femmes, cela ne posait pas de difficulté particulière.

Lorsqu'on les a amenées devant le bureau du camp, Goeth se tenait devant la porte.

Il les a accueillies par ces mots : « C'est vous les putes juives qui prétendent savoir écrire ? Venez, les Sarah. »

Pour lui, toute femme juive était Sarah, et tout Juif était Salomon.

Ce que ces femmes ont tapé pendant la nuit, personne ne l'a jamais appris.

Lorsqu'elles ont terminé leur travail, à cinq heures du matin, Ivan et six Ukrainiens les attendaient déjà devant le bâtiment.

Ils les ont conduites toutes dix à la colline des Bites, et les ont fusillées.

*
* *

Goeth s'efforçait sans cesse d'élargir son camp et de le développer, l'agrandir, en expulsant constamment les Polonais des environs, de leurs chaumières et de leurs propriétés attenantes.

Ils avaient deux heures maximum pour vider les lieux, et il leur était permis d'emporter un baluchon de vingt kilogrammes tout au plus.

L'ambition de Goeth était que Himmler visite également son camp.

Himmler en a visité plusieurs, il le faisait même assez souvent, mais il avait peur apparemment de se montrer au *Generalgouvernement.*

Plus tard, à Mauthausen, j'ai eu le plaisir de me tenir pendant des heures sur l'*Appellplatz* avec trente mille autres détenus lorsque ce dégénéré, et le plus grand meurtrier de tous les temps, a visité notre camp.

Pour fêter l'événement, on nous a servi une soupe au lait avec des prunes séchées (complètement véreuses : de minuscules vers blancs flottaient à la surface).

Une fois, de grandes quantités de planches ont été livrées au camp par des camions.

Les planches étaient stockées dans la cour, alors qu'elles pouvaient être transportées directement à leur destination, où les prisonniers construisaient constamment de nouveaux baraquements.

Mais la livraison des planches à cet endroit particulier n'a pas été décidée sans raison.

Il fallait martyriser deux mille femmes qui, douze heures par jour, devaient porter (sur l'épaule droite, une à l'avant, une à l'arrière) ces longues planches jusqu'au chantier de construction.

Deux mille femmes formant un cercle gigantesque.

Elles descendaient du côté gauche du pré et remontaient du côté droit, de sorte que le cercle se refermait comme un cerceau.

Toute cette danse délirante était observée par un jeune SS, un type sans intérêt, âgé de vingt-cinq à vingt-huit ans, pas très grand, un peu rougeaud. Il s'appelait Gross.

Pour son malheur, son nom ressemblait à celui du médecin juif en chef, qui se tenait constamment sous la potence pour annoncer la mort des pendus [1].

Il y avait, parmi les femmes qui portaient les planches, une jeune fille.

Dix-sept, peut-être dix-huit ans, pas jolie – bellissime !

Petite, bien faite, avec une paire de beaux yeux noirs comme deux diamants.

---

1. Voir page 137.

Je ne suis pas du tout surpris qu'elle ait attiré l'attention du SS Gross.

Il ne la faisait pas travailler. Elle se plaçait à côté de lui, et ils flirtaient comme des fous.

Cette situation a duré plusieurs jours.

On pouvait voir dans les yeux et le comportement de Gross qu'il était de plus en plus épris de son interlocutrice, au point d'oublier qu'elle était juive.

Je ne sais pas, et personne ne l'a jamais su, qui a rapporté cela à Goeth.

Un jour, il est arrivé sur son cheval blanc arabe, et s'est arrêté juste devant le couple en extase.

Gross l'a salué ! « *Heil Hitler !* » et s'est mis au garde-à-vous.

« Qu'est-ce que cette Sarah fait ici ? a demandé Goeth.

— Elle compte les planches, a répondu Gross, confus.

— Eh bien, elle en a assez compté, tue-la. »

Il ne restait plus au pauvre garçon qu'à sortir son pistolet et à tuer la jeune fille.

Le lendemain, Gross n'était plus dans le camp.

Personne n'a jamais su ce qu'il était devenu.

Comme *OD-Mann*, Dudek s'est vu assigner trente femmes dans le camp pour la *Säuberungskolonne*, ou « colonne de nettoyage », plus communément appelées « balayeuses ».

Lorsqu'il avait déployé ces trente femmes à différents endroits du camp pour balayer, au bout d'une heure pas une seule n'était à son poste.

L'une était allée à la baraque laver sa culotte, l'autre était partie pour se mitonner un gruau quelconque, tandis que la troisième s'était carrément couchée. Toutes avaient laissé n'importe où leurs balais ou leurs pelles.

Dudek devait courir partout dans les baraquements à leur recherche.

Souvent, il en tabassait l'une ou l'autre avec sa *Reitpeitsche* (cravache).

Sans aucun doute, plus d'une fois il lui est arrivé de les traiter de « sales putes », et c'est pour cette raison qu'il s'est fait accuser de sadisme.

Contrairement à l'accusé, aucune de ces femmes ne se rendait compte de la gravité de son comportement, ni de quelle façon flagrante elles les mettaient tous en danger de mort, et en premier lieu l'accusé lui-même.

Lors du procès de Dudek[1], son avocat, Dr Aschenbrenner, a cité à la fin de sa plaidoirie

1. Voir la p. 250.

une situation similaire à celle de Dudek, mais qui a frappé un autre *OD-Mann*, et dont les conséquences ont été les suivantes.

Cet *OD-Mann* supervisait une équipe de nuit de serruriers.

Son personnel comptait cent cinq personnes qui devaient être constamment présentes dans l'atelier (la baraque), et y travailler.

Si quelqu'un voulait aller aux latrines, on l'inscrivait dans le registre, et il devait revenir cinq minutes plus tard, en signalant son retour.

À deux heures du matin, le commandant Goeth a fait irruption dans la baraque.

Il revenait de ce que nous appelions la « fête » – bien bourré, pour tout dire.

Il vacillait un peu, mais tenait encore sur ses jambes.

D'habitude, après une cuite, son sadisme inné et ses instincts criminels redoublaient.

Dans un tel état, il était capable de fusiller la moitié du camp.

Les effectifs du camp, c'est-à-dire le nombre des prisonniers, dépendaient du nombre de personnes tuées dans une période donnée.

Il se déplaçait toujours en compagnie de deux énormes dogues, d'une beauté exceptionnelle.

Ils étaient servis, c'est-à-dire nettoyés quotidiennement, par une prisonnière juive qui leur servait également la nourriture préparée pour eux dans la cuisine des SS.

Un jour, Goeth a vu par la fenêtre de sa villa que la fille qui apportait des bols de nourriture pour les chiens avait pris une pomme de terre et l'avait mangée.

Il est sorti de la villa en courant comme un fou, et a ordonné aux chiens de la déchiqueter.

Les chiens, qui étaient pourtant spécialement entraînés à mettre les gens en pièces, le regardaient sans comprendre, parce qu'ils étaient habitués à ce que cette jeune fille s'occupe d'eux et les nourrisse.

Ils ne se sont donc pas jetés sur elle – et leur insubordination excita encore plus la fureur du monstre.

Et donc, comme d'habitude, il l'a tuée de deux balles dans la nuque.

Les chiens s'appelaient Ralf et Rolf. On n'avait pas le droit de s'adresser à eux autrement que Herr Ralf et Herr Rolf.

Si l'un des *Häftling* osait les appeler par leur nom, sans le « *Herr* », Goeth leur donnait l'ordre de hacher menu le contrevenant.

Et les chiens exécutaient ses ordres avec empressement.

Lorsqu'il est entré dans la baraque des serruriers, il a immédiatement demandé à l'*OD-Mann* : « Combien d'hommes en effectif ?

— Cent cinq, commandant.

— En rangs ! »

Ils s'alignent par deux. Il compte : ils ne sont que quatre-vingt-quinze.

« Où sont les dix ? demande-t-il.

— Apparemment, aux latrines, répond l'*OD-Mann*.

— Pourquoi ils n'ont pas signé ? – Silence.

— Bon, on attend cinq minutes », déclare Goeth.

Comme ils ne sont pas revenus au bout de cinq minutes, il ordonne aux chiens de déchiqueter l'*OD-Mann*, et tout cela en présence de tous les ouvriers de la baraque.

Pendant que l'homme mis en pièces rugissait, hurlait d'atroce façon, personne n'était autorisé à broncher dans le rang, tout le monde devait se tenir au garde-à-vous.

À un moment, lorsque le délinquant n'était plus qu'un tas de chair déchiquetée et sanguinolente, Goeth a rappelé les chiens, sorti un pistolet et, lui tirant deux balles dans la tête, prononcé sa formule : « *Ich gebe dir einen Gnadenschuss.* » C'est-à-dire (paraphrasant) : « Je t'envoie gracieusement dans l'éternité. »

En prononçant ces mots, il pensait peut-être apaiser sa conscience, dont il n'avait aucune trace.

Ce « Je te tire dessus par pitié, pour abréger tes souffrances », il le prononçait plusieurs fois par jour.

Les dix disparus dormaient paisiblement dans leurs baraquements, sans réaliser qu'ils avaient directement contribué à la mort du jeune homme.

Le lendemain, Goeth a appelé le chef de l'*Ordnungsdienst*, Hilewicz, en ordonnant qu'on lui livre les absents.

Pour les sauver, Hilewicz a dit, ou rapporté – car on ne discutait pas avec Goeth –, qu'il n'avait pas de liste de ceux-là, et qu'il n'était pas en mesure de les appeler.

« Ah, tu n'en as pas, hein ? Et tu ne peux pas les faire venir ? Dans ce cas, dans une demi-heure, tu m'amènes cinquante personnes sur la colline des Bites, et Ivan (l'homme de Vlasov) et sa compagnie vous y attendront déjà. Sinon, tu seras le premier à être fusillé. »

Et c'est ainsi que, sans plus réfléchir, ils ont raflé cinquante personnes, la plupart âgées, qu'Ivan et ses camarades ont envoyées dans l'autre monde.

*
* *

J'ai revu Goeth une seule fois dans ma vie, en septembre 1944, au camp de Mauthausen.

Un matin, nous courions – nous n'avions pas le droit de marcher, il fallait toujours courir – jusqu'à la carrière.

Quatre colonnes de cent personnes chacune, soit un total de quatre cents prisonniers, entourés par des SS, fouet à la main, avec des bergers allemands à leurs côtés.

Les fouets étaient de ceux que l'on voit souvent dans les westerns.

De cuir couleur cendrée, ils étaient de cent quatre-vingt-cinq centimètres de long, de sorte que lorsqu'un « patient » était frappé à la nuque, et que le fouet s'enroulait autour de son cou, celui qui le tenait pouvait facilement l'attirer vers lui, jusqu'à ses genoux.

À environ un mètre de nos colonnes se trouvait Goeth.

Lorsqu'il nous a vus, il a crié : « *Dass sind ja meine Juden !* », c'est-à-dire : « Mais ce sont mes Juifs ! »

Dans son esprit, nous étions sa propriété.

Goeth était sans distinction d'officier et sans ceinturon.

En 1944, lorsque le front russe s'est approché de la ville, on a démantelé le camp de Cracovie, c'est-à-dire le camp de Płaszów.

Une fois arraché à sa petite « exterritorialité », Goeth a été pris pour cible par la Gestapo, qui l'avait à l'œil depuis longtemps, et ne manquait pas de raisons à cela.

Il a été accusé de s'être approprié des quantités colossales d'or et de diamants, spoliés aux Juifs.

Et les Juifs avaient été amenés au camp de Płaszów de tout le *Generalgouvernement.*

Goeth a également participé à la liquidation des ghettos juifs dans de nombreuses villes.

Il n'a passé que très peu de temps sous les verrous.

Je ne sais pas comment il s'en est sorti, mais il a été rétrogradé au rang de simple soldat.

Il est venu à Mauthausen parce qu'il pensait y retrouver un juteux emploi, mais la clique de tortionnaires qui s'y trouvait était plus futée que lui et l'a tenu à l'écart de leur mangeoire.

Avant la liquidation du camp de Cracovie (Płaszów), ils ont liquidé toutes les « personnalités » juives qui étaient à leur service et qui avaient espéré survivre ainsi à la guerre.

Le commandant de l'*OD*, Hilewicz et sa femme (une odieuse salope), qui se croyaient « seconds après Dieu », ont été abattus par Goeth, de ses propres mains.

Avant de leur tirer dessus, il leur a dit d'un ton moqueur :

« Je vous ai promis tant de fois de vous abattre, que je ne peux pas vous quitter sans tenir ma parole. Qu'est-ce que vous auriez pensé de moi ? »

L'authenticité de ces paroles m'a été confirmée par des personnes qui ont quitté Płaszów dans le dernier transport, qui ont survécu à la guerre, et à qui j'ai parlé depuis à plusieurs reprises.

*
* *

Ensuite, j'ai été envoyé dans le camp de Mauthausen. J'en ai déjà décrit la vie et le travail dans ma lettre datée du 21 octobre 1973.

Je citerai seulement un autre cas où un miracle m'a sauvé d'une balle dans la nuque.

C'était un beau dimanche ensoleillé de septembre 1944.

Nous n'étions pas allés travailler ce jour-là, et les gars traînaient autour des baraquements, ainsi que sur une espèce de bande de béton de quatre mètres de large qui séparait le baraquement n° 22 du baraquement n° 23.

À un moment, notre chef de bloc m'a appelé – c'était un Viennois, un criminel professionnel, avec un « triangle vert » tatoué sur la figure, et il s'appelait Franzl : « *Komm mal hier, du Schwarzer* » (« Viens par-là, le noir. »)

Je me suis approché de lui, et j'ai enlevé mon béret rayé : « Oui, chef !

— Plante-toi là, à l'angle du bloc, et fais bien gaffe que les gars ne passent pas d'un bloc à l'autre. Ils peuvent marcher sur le béton, mais en aucun cas d'un bloc à l'autre.

— Oui, chef, à vos ordres », ai-je répondu, et je me suis mis à l'angle.

Je me suis adossé au mur de la baraque, et mes pensées se sont envolées vers Cracovie.

Mon Dieu ! Mon Dieu ! Mon fils est là-bas, mon enfant.

Est-il encore en vie ? Et en fait, qu'est-ce que j'ai à voir avec cette guerre ? Qu'est-ce que j'en ai à faire ?

Pourquoi me garde-t-on ici, est-ce que j'ai fait du mal à qui que ce soit ?

Je dois survivre et voir la honte de l'Allemagne !!!

Lorsque l'Allemagne aura perdu cette guerre, et elle la perdra à coup sûr, je pense que personne ne voudra lui serrer la main pendant un siècle.

Comme ce sera beau lorsque toutes les nations d'Europe forceront les Allemands à reconstruire tout ce qu'ils ont démoli.

Une forte claque m'a arraché à ces fantastiques rêveries.

J'ai levé les yeux. Devant moi se tenait un grand gaillard SS, au visage ravagé par la variole.

Je me suis empressé d'enlever mon magnifique béret rayé, et j'ai dit :

« *Verzeihen Sie, Herr Schef, ich habe nicht bemerkt !* (« Pardonnez-moi, chef, je n'avais pas remarqué. »)

— Oui, je vois bien, a-t-il répondu. Qu'est-ce que vous faites ici ? » demanda-t-il.

Petite parenthèse. Les autorités supérieures du camp se sont toujours adressées à moi affectueusement : « *du Scheisskiebel verkommene* », ou « *du Drecksack* », ou « *du Arschloch* » [1], et là, soudain, ce « vous » ? Je suis resté bouche bée.

J'ai répondu que le chef de bloc m'avait ordonné de me tenir ici et de veiller à ce que les *Häftling* ne passent pas d'un bloc à l'autre.

1. « Enfoiré de merde dégénéré » ; « sac de merde », « trou du cul ».

« *Ach, so*, a-t-il dit, c'est-à-dire « Ah bon ».

« Alors : quelle est votre profession ?

— Serrurier-mécanicien, j'ai répondu.

— Ah bon ! Et depuis longtemps ? demanda-t-il.

— Depuis seize ans. »

Et maintenant, l'indispensable chute de son interrogatoire.

« *Glauben Sie den Frieden zu erleben ?* » à savoir : « Croyez-vous que vous vivrez pour voir la paix ? »

Autrement dit : « Croyez-vous que vous verrez la fin de la guerre ? »

« Non, je ne le crois pas ! j'ai dit.

— C'est exact », a-t-il répondu, et il s'est éloigné.

Je suis allé dans mon bloc 22 et j'ai raconté l'incident à Jurek, qui m'a lancé : « Mais t'as eu de la chance, mon gars ! Ta présence d'esprit ne t'a pas trahi. Il en a déjà liquidé plein de cette façon. Quand quelqu'un lui répond qu'il espère sortir vivant de la guerre, il lui dit de se retourner et lui met une balle dans la nuque. Tu lui as cloué le bec en lui disant que tu n'y comptais pas, et alors il s'est dit "Eh ben, souffre encore un peu" et il t'a répondu : "*Ja, das stimmt*" » (« Oui, c'est exact. »)

Puisque je parle de Jurek : Jurek était à Mauthausen, dans le bloc 22, chez ce Franzl du *Stubendienst* ou « service des baraquements ».

C'était un Cracovien de Dębniki. Toute sa famille est partie à Auschwitz.

Son père, son frère et sa sœur n'ont pas survécu. Seul Jurek est revenu.

Sa mère et ses enfants mineurs, restés à Cracovie, sont toujours en vie.

Je ne sais pas si tu te souviens qu'en 1945, tu étais avec moi au mariage de Jurek, dans cette église nouvellement construite à Dębniki.

Tout de suite après le mariage il y a eu une réception, et lorsque j'ai refusé d'y aller, comme quoi j'avais mon fils avec moi, Jurek m'a répondu : « À part ma femme et ma mère, tu es la personne la plus proche, parce qu'ensemble, nous avons survécu au camp.

Et ça vaut aussi pour ton fils, car il a survécu à la guerre dans des conditions différentes, mais pas bien meilleures que les nôtres. »

Nous sommes restés jusqu'au lendemain matin, car il refusait de nous laisser partir.

Le mariage a eu lieu dans leur propre maison à Dębniki, rue Czarodziejska, non loin des rochers de Twardowski.

Je ne sais pas si tu te souviens d'un fait comique, et en même temps assez déplaisant, qui s'est produit à cette occasion.

Vers dix heures du soir, deux couples se sont excusés auprès de nos jeunes mariés, car ils avaient un long chemin à parcourir pour rentrer chez eux.

Une petite demi-heure plus tard, ils sont revenus, et tous les invités du mariage ont poussé un énorme hurlement de rire.

C'était un rire un peu méchant, mais qui peut se contenir devant un tel spectacle ?

Les dames n'avaient plus robes ni chaussures, seulement des combinaisons roses qu'on appelait des « milanaises ».

Les hommes n'avaient ni costumes, ni chemises, ni chaussures.

Juste des caleçons longs et des chaussettes aux pieds. Qu'est-ce qui s'était donc passé ?

Ils avaient été attaqués par des soldats russes (on les appelait les *Russkies*) qui leur avaient laissé le choix.

Soit ils enlevaient tout de leur plein gré, soit c'était une balle dans la tête.

Et alors, on leur prendrait ces fringues de toute façon.

Le choix était le bon : en caleçons, mais en vie.

À cette époque, chaque nuit, la milice de Cracovie trouvait deux ou trois personnes tuées par balle dans les *Planty* [1].

Jurek et sa femme leur ont prêté quelques vêtements pour qu'ils puissent s'habiller à peu près, car personne n'avait beaucoup de vêtements en ce temps-là.

Ils ont encore bu quelques vodkas, et avant midi, nous sommes tous partis vers le pont Dębniki.

J'en reviens à d'autres faits concernant les camps. Le 5 mai 1945 [2], des échos de coups de canon parvenaient déjà clairement au camp, ce qui signifiait que le front était très proche.

À six heures du matin, nous étions déjà tous à l'*Appellplatz*.

Tous les SS, l'ensemble du personnel des tours de guet autour du camp et Sa Seigneurie le commandant du camp lui-même, du nom de Schöpperle.

En civil, un monsieur de formation universitaire, musicien, élégant, bien mis, manières de grand seigneur.

Toutes ces qualités de parfait gentleman ne l'empêchaient pas de condamner à mort et de pendre des *Häftling* pour n'importe quelle bêtise.

1. *Planty* : jardin circulaire entourant le centre de Cracovie.
2. Nous sommes à Linz III.

Nous avons reçu chacun une miche de pain et une motte de margarine, ce qui était un événement extraordinaire.

Le commandant nous a dit que, pour notre bien et notre sécurité, ils allaient nous emmener dans la forêt.

Et en effet, nous y sommes partis avec toute la compagnie.

Je n'avais aucune idée de ce qui se passait, et encore moins qu'il pouvait y avoir une ruse dans sa sollicitude à notre égard.

Les Russes, par nature plus rusés que nous et rompus à la guérilla, ont tout de suite saisi la situation et compris que les soudaines paroles si tendres du commandant n'étaient pas sincères et qu'il s'y cachait quelque chose.

Notre marche vers la forêt n'avait plus rien à voir avec la discipline du camp, fini le : « Je ne veux voir qu'une seule tête ! » On avançait comme un troupeau de moutons.

Les *Russkies* se hélaient entre eux : « *Grisha ! Petrov ! Alexei ! Michka ! Ivan !* » – et ils baragouinaient quelque chose à tue-tête.

Il s'est avéré qu'ils échangeaient des instructions, et bientôt, autour de chaque SS armé d'un fusil, il se trouvait trois ou quatre Russes qui l'encerclaient.

Lorsque nous sommes arrivés dans la forêt, on a vu qu'il y avait déjà une fosse profonde dans le sol.

Je ne sais pas si elle était là par nature, ou si les SS avaient creusé à l'avance une fosse commune pour nous.

Le commandant du camp nous a proposé de sauter dans cette « galerie », comme il appelait le trou, pour notre sécurité.

Au même moment, les *Russkies* se mirent à hurler : « Les gars, n'y allez pas ! Soit c'est miné par en dessous, soit ils vont nous tirer dessus comme sur des lapins ! » Et nous nous sommes assis tous ensemble par terre.

Les SS nous ont encerclés (dans le langage du camp, cela s'appelle une *Postenkette*, une chaîne d'encerclement), et nous sommes restés assis sur le sol pendant plusieurs heures.

Les supérieurs SS discutaient entre eux et sont apparemment arrivés à la conclusion qu'ils ne pourraient pas nous fusiller tous, car nous étions trop nombreux, et certains Russes se montraient déjà un peu agressifs.

Une fois le soleil couché, nous avons reçu l'ordre de retourner au camp.

Mais auparavant, sur ordre du commandant, un de ses soldats s'est rendu au camp à vélo. Il aura sans doute constaté que les Américains étaient déjà là, car au retour il a rapporté « quelque chose » au commandant.

Sur le chemin du retour, plusieurs SS ont balancé leur fusil, et se sont enfuis un par un, abandonnant notre colonne.

Soit ils avaient, dans la région, quelqu'un chez qui se cacher et prendre des vêtements civils pour éviter d'être chopés par les Américains, qui les enverraient directement dans un camp de prisonniers de guerre, soit ils ont considéré la fuite comme un moindre mal : plutôt ça que de devoir répondre devant le « tribunal » du camp en tant que bourreaux de milliers des *Häftling*, battus, assassinés et pendus.

Les Russes ont ramassé sans attendre les fusils abandonnés, et soudain – cela n'a duré qu'une seconde – pas un SS n'avait encore de fusil sur l'épaule, et les Russes les ont tous récupérés.

Un vrai coup d'État de quelques minutes !

Et ce n'étaient plus les SS qui nous escortaient vers le camp, mais l'inverse.

Lorsque nous sommes arrivés au camp, un char américain avec une étoile blanche à cinq branches se tenait déjà devant la porte d'entrée, et deux soldats étaient en faction [1].

1. Le 5 mai 1945, un détachement du 41e escadron de reconnaissance de la 11e division blindée de la 3e armée des

L'officier américain a récupéré les SS, avec tous les officiers et Son Excellence le commandant, et nous avons couru à travers le camp.

Dieu du ciel ! Quelle joie c'était !

Avant d'entrer dans le camp, je me suis approché du char et je l'ai embrassé. Je l'ai entouré de mes deux bras et me suis blotti contre lui.

Voyant l'euphorie des prisonniers et adhérant au principe, logique à mes yeux, que « je préfère être un salaud vivant qu'un héros mort », je n'ai pas quitté ma baraque avant que la première frénésie, la première orgie de règlements de comptes, ne se soit calmée.

La guerre était finie, et pourtant plusieurs gars ont été fusillés.

J'ai vu leurs cadavres gisant sur le sol près des baraquements.

Plusieurs *Kapos*, des *Häftling* eux-mêmes, mais qui avaient maltraité leurs collègues en vertu de leur fonction, et qui, d'ailleurs, n'avaient pas mérité autre chose, gisaient sous la baraque, troués de coups de couteaux.

Ils en ont reçu tellement qu'ils avaient l'air de passoires.

États-Unis est entré dans le camp de Mauthausen. Le groupe de reconnaissance était dirigé par le sergent-chef Albert J. Kosiek.

La meute déchaînée a démoli l'entrepôt de cigarettes et volé des dizaines de milliers de cigarettes tchécoslovaques Zorka, dont nous recevions quelques-unes chaque semaine en guise de récompense pour notre dur labeur.

Le lendemain, j'ai vu les cinq Russes les plus braves, les vrais meneurs, allongés devant les baraquements, bleus, noirs, recroquevillés.

Il paraît qu'ils avaient trouvé le bocal de serpents venimeux, conservés dans de l'alcool.

Ils ont jeté les serpents et bu l'alcool. Conséquences ci-dessus.

Quel dommage pour des gars qui ont vu le premier jour de liberté, des garçons si fringants et combatifs.

Dans le camp, les Polonais ont commencé à préparer la bannière blanc et rouge [1], et décidé que dans deux jours, nous irions tous ensemble à Linz.

Sans attendre personne, je suis sorti en catimini du camp et je me suis mis en route.

Je n'avais pas de bagages, et tout ce que j'avais c'était mon pyjama rayé, sale, puant, élimé, une chemise sale, de vieux sabots abîmés portés pieds nus, une cuvette émaillée, profonde, avec un trou percé sur le côté et un crochet que j'avais fabriqué

---

1. Couleurs du drapeau polonais.

moi-même pour pouvoir me l'accrocher au cul, une cuillère en zinc – et des centaines de poux !

Les poux allaient rester mes compagnons inséparables pendant longtemps encore.

En quittant le camp, j'ai décidé de ne pas trop manger d'un coup, mais de m'habituer progressivement à la nourriture, car pendant les cinq derniers mois les épluchures de pommes de terre bouillies avaient été la base de ma subsistance.

Il y avait une quinzaine de kilomètres jusqu'à Linz.

Quelle joie quand, après tant d'années, on se promène seul, librement, sans voir un seul Allemand en uniforme militaire.

La route était pleine de monde ! Des milliers de *Häftling*, de diverses nationalités.

Tous en train de voler, de piller des magasins à la recherche de nourriture avant tout.

Au cours de cette promenade solitaire, je suis tombé sur un kiosque à nourriture défoncé, déjà bien exploré par mes prédécesseurs.

Je suis entré et j'ai vu : un pot entier de moutarde !

J'ai rapidement sorti ma cuillère et, en prenant une grosse portion de moutarde, je l'ai mise dans ma bouche. C'était bon !

J'ai répété l'opération – mais ça ne l'était plus tellement.

J'ai pris une troisième cuillerée, mais je commençais déjà à avoir la nausée, alors j'ai jeté le contenu de la cuillère par terre et remis la cuillère dans ma poche.

Sur le chemin de Linz, je suis tombé sur un autre kiosque, lui aussi bien dévalisé, mais je suis quand même entré.

En cherchant bien, j'ai trouvé un bol de cornichons.

J'en ai mangé deux ou trois, et j'ai à nouveau senti la nausée.

J'ai pris un gros bol de ces cornichons, et je l'ai porté devant moi.

Je ne sais pas combien de kilomètres j'ai parcourus avec cette prise.

Je changeais de main, ce qui n'était pas facile – je n'étais pas bien fort – jusqu'à ce que je vide mon bol dans la grille d'égout la plus proche.

En y pensant maintenant, pendant que j'écris ces mémoires, j'arrive à la conclusion que nous étions tellement ivres de liberté, éblouis par le fait d'avoir survécu à cette guerre monstrueuse, que nos esprits étaient incapables de tout raisonnement logique, et que nos actes avaient brisé toute connexion avec le bon sens appelé à les coordonner.

Traduit dans ta langue : papa a un peu pété les plombs.

Et me voilà à Linz. Soudain, j'ai vu un rassemblement de gens, habitants de la région – des Autrichiens – ainsi que de mes camarades de misère libérés d'autres camps.

Ils prenaient d'assaut un bâtiment de plain-pied, entrant par les fenêtres, les portes – tumulte et cris.

J'y suis entré à mon tour. Et qu'ai-je vu ? C'était un bureau de poste, et les envahisseurs dévalisaient l'entrepôt des colis de marchandises.

Des centaines de colis gisaient sur le sol.

Ils taillaient les emballages au couteau, s'arrachaient mutuellement divers objets – un véritable enfer.

J'ai été le premier à trouver quelque chose : une douzaine de mouchoirs colorés. Je les ai cachés derrière ma chemise.

Mes trophées suivants étaient une paire de collants noirs, une paire de chaussures jaunes, une casquette en lin vert et une veste en coutil gris et bleu marine.

Dans un coin de l'entrepôt, il y avait un tas de lames de rasoir, emballées dans des paquets plats de cent pièces.

J'ai embarqué tout un tas de ces paquets. Je ne sais plus combien, en tout cas autant que je pouvais en porter.

J'ai franchi la porte et j'ai immédiatement jeté mes vieux vêtements pour en mettre de nouveaux.

Je n'avais trouvé ni chemise ni caleçon, mais je me suis débarrassé de mes vieilles affaires et j'ai mis des collants et une veste sur mon corps nu.

Imagine maintenant à quel point ton papa avait l'air sublime !

Un collant noir jusqu'aux chevilles, mais de coupe allemande, un peu bouffant sur les côtés, chaussures jaunes sans chaussettes et sans lacets, veste en coutil gris-bleu marine, pas de chemise, et une casquette verte sur la tête.

Comme les étudiants de Cracovie en plein carnaval.

Pourtant, je n'ai pas réussi à me débarrasser des poux, et au bout de dix minutes, ils ont recommencé à me piquer.

J'ai mis les mouchoirs dans les poches du pantalon, accroché la cuvette derrière, mis la cuillère dans la poche de ma veste, tout en portant à deux mains les paquets de lames de rasoir.

Ça pesait une tonne, et au fond, qu'est-ce que j'en avais à faire ?

Je n'avais littéralement rien, absolument rien, à part mon corps, mon sang, ma soif de vivre et mes fidèles pou-poux.

J'ai jeté toutes mes Gillette au coin de la rue, et je suis reparti le cœur léger après m'être débarrassé d'un tel fardeau.

À Linz, les *Häftling* constituaient une foule de vingt-trois nationalités.

Ils couraient partout dans la ville, que 60 % d'habitants avaient quittée avant l'arrivée des troupes américaines.

Les gars pillaient tout ce qui leur tombait sous la main. Ils faisaient la cuisine dans la rue, plaçant des casseroles sur des briques, sous lesquelles ils allumaient le feu.

Le contenu des casseroles variait. C'était un grand camp de « gens de voyage », multilingue, cosmopolite.

J'ai rencontré deux gars de Pologne, Cracoviens comme moi, et je leur ai dit :

« Il faut nous trouver un logement décent, c'est pas possible d'errer dans la rue comme ça. Après tout, presque tous les habitants de Linz ont quitté leurs maisons et fui la ville, et les Américains ne laisseront pas des milliers de voleurs traîner partout et piller. »

Quelques jours plus tard, ma parole est devenue chair, lorsque les camions sont entrés dans la ville, et que tout le troupeau a été ramené au camp.

Ils ne leur ont fait aucun mal. Ne les ont pas fait travailler, les ont bien nourris, mais avec interdiction de quitter le camp et de se balader en ville.

On a lancé le recensement de tout le monde, et, dans la mesure du possible, l'organisation des colonnes de voitures et de trains de rapatriement vers des pays de toute l'Europe.

Comme je l'ai dit plus haut, nous avons trouvé à Linz un appartement vacant de trois pièces.

Le premier jour, j'ai commencé à fouiner partout, et à lire la correspondance du propriétaire.

Il s'est avéré qu'il s'appelait Tratning, qu'il était ingénieur et que, pendant l'Occupation, il avait vécu à Cracovie, dans le quartier allemand de la rue Juliusz Leo (aujourd'hui rue Dzierżyński [1]).

Ses activités à Cracovie consistaient à travailler pour la Wehrmacht, mais je n'ai pas pu déterminer à quel titre.

À part les meubles et les équipements de l'appartement, il n'y avait rien, les armoires étaient vides. Quant à moi, je n'avais toujours ni chemise ni caleçon, et j'étais vêtu comme un CLOWN du cirque Medrano à Paris !

---

1. En 1990, la rue a retrouvé le nom de son patron d'origine : Juliusz Franciszek Leo (1861-1918), homme politique, économiste, juriste, et maire de Cracovie entre 1904-1918.

Il ne me restait plus qu'à fouiller d'autres appartements.

J'ai fini par trouver, pour moi et mes deux compagnons, tout ce dont j'avais, dont nous avions besoin.

Je me suis mis à changer de sous-vêtements tous les jours, et les jetais aussitôt, jusqu'à ce que je me débarrasse des poux.

Car même en me lavant soigneusement tous les jours, j'ai vu les poux ressortir – je ne sais toujours pas d'où ni comment.

Chez le coiffeur, je me suis fait raser la tête à zéro, pour pouvoir bien me laver tous les jours.

J'ai payé le coiffeur avec une boîte de lait Nestlé.

Je t'explique. J'ai visité toutes les caves de Linz.

Dans l'une d'elles, j'ai trouvé un carton entier contenant soixante boîtes de lait Nestlé, condensé et sucré.

Je l'ai trimballé dans notre appartement, de peur qu'on me le « vole » !

Immédiatement, sur place, j'ai avalé la moitié d'une boîte et, en quelques heures, le reste du contenu.

Le lait et le sucre m'ont remis sur pied, et les phlegmons que j'avais sur les mollets des deux jambes ont rapidement commencé à guérir.

Ma main gauche était bandée, car un petit éclat de bombe m'avait blessé, et la carence de vitamines et la contamination de la plaie risquaient de la gangrener.

Je me suis fait soigner dans un hôpital de Linz, en y allant tous les jours pour changer les pansements.

La fin de la guerre est très bien tombée pour ma main gauche, car si les combats avaient duré quelques jours de plus, on me l'aurait certainement amputée.

Dans les caves, j'ai également trouvé une douzaine de flacons de moût de pomme, une sorte de jus de pomme, et je les ai gentiment ramenés chez moi.

Dans une autre cave, j'ai trouvé une douzaine de caisses de cristaux, emballés dans de la laine de bois. Je les ai traînés, de toute urgence, dans l'appartement.

Il me restait encore quelques pièces à transporter, lorsque quelqu'un me les a volées (quel culot, celui-là !).

Avec ces cristaux, j'achetais du pain chez le boulanger.

J'en avais tellement que j'en distribuais à d'autres, et j'en vendais une partie à la « bourse », c'est-à-dire au marché noir.

Dans l'un des appartements, j'ai trouvé un pantalon tyrolien en cuir suédé.

Il était sérieusement lustré, mais de tels pantalons qui brillent, c'était le summum de l'élégance.

Il était bordé d'un ruban vert, et il avait de très jolis edelweiss brodés sur les côtés.

En plus de tout cela, j'ai « emprunté » à un propriétaire inconnu des bas blancs, des bretelles tyroliennes et un chapeau avec divers badges métalliques, et avec une plume à l'arrière – la classe !

J'ai revêtu toute cette livrée, et j'ai eu l'air d'un vrai Tyrolien (autrement dit : un fier paon).

Alors que les survivants se faisaient encore cueillir dans la rue par les Américains et entasser dans des voitures, je restais là, à regarder le spectacle.

Personne n'osait m'approcher, après tout j'étais « Tyrolien ».

Un jour, à Linz, alors que je faisais la queue pour acheter du sucre et du pain, un petit garçon de ton âge a crié : « Papa ! » C'était comme si la foudre m'avait frappé.

J'ai chialé comme un bébé. Je me demandais : mon garçon est-il encore en vie ?

Deux semaines plus tard, avec l'autorisation de l'armée américaine, c'est-à-dire la 6e armée d'occupation USA, nous avons créé à Linz un centre polonais, et commencé à délivrer des cartes d'identité.

En peu de temps, j'ai sympathisé avec les Américains.

J'ai travaillé avec un certain Genio Seidner de Mysłowice (près de Katowice), qui avait vécu à Cracovie pendant l'Occupation.

En tant que délégués des *Häftling*, nous avons obtenu le droit d'occuper le pavillon de chasse de Hermann Goering, situé à Leonding, à une douzaine de kilomètres de Linz.

C'est également à Leonding que se trouve la tombe des parents de Hitler, dont le vrai nom était Schicklgruber [1].

Le palais était un très beau bâtiment en forme de quadrilatère.

Un peu comme le palais de Wilanów, près de Varsovie.

Les tableaux et les objets de valeur n'y étaient plus.

Ils avaient été soit emportés et cachés à l'avance, soit pillés par la population locale.

Le plus important c'est qu'il y avait beaucoup de chambres, de lits, de salles de bains, de douches, et plusieurs cuisines.

---

1. Alois, le père d'Adolf, était fils illégitime de Maria Anna Schicklgruber, et probablement de Johann Georg Hiedler.

Les Américains nous ont donné des couvertures et des oreillers en quantité illimitée, ainsi que du DDT et des pompes pour le pulvériser.

En quelques jours, nous nous sommes tous débarrassés des insectes.

Les Américains m'ont remis une carte spéciale m'autorisant à me déplacer dans toutes les zones occupées par la 6e armée américaine, et à utiliser tous les moyens de locomotion possibles.

Aux dates convenues, une Jeep avec trois soldats, des Noirs, venait nous chercher et nous allions chercher des provisions, qui devaient nous tenir trois jours.

Il s'agissait de provisions « sèches », c'est-à-dire celles qui se trouvaient dans les colis de l'UNRRA [1].

Du pain, des gâteaux aux fruits, des biscottes, du beurre en boîte, des confitures diverses dans des petites boîtes en fer-blanc, du sucre, du café (Nesca), du chocolat, des cigarettes (Camel), et même du papier hygiénique.

Revenons un instant sur l'appartement que j'occupais chez l'ingénieur Tratning.

Un jour, un Allemand d'environ cinquante-cinq ans est arrivé, et s'est présenté comme le propriétaire de cet appartement.

---

1. L'organisation des Nations unies pour le secours et la reconstruction.

« Et alors ? lui ai-je demandé, que voulez-vous ?

— Que vous déménagiez immédiatement, a-t-il répondu.

— Et moi, je veux que vous partiez immédiatement, ai-je répliqué, quant à moi, je ne déménagerai que pour rentrer en Pologne. »

Il n'a pas dit un mot et a quitté l'appartement.

Le lendemain, il est arrivé avec un soldat américain, et ce salaud avait déjà une sorte de bandeau vert sur le bras gauche.

Le soldat m'a dit que je devais partir parce que je n'avais pas d'allocation officielle pour cet appartement, et que si je résistais, ils seraient obligés de m'expulser par la force.

En un mot, il m'a gentiment rentré dans le crâne que c'était mieux pour moi.

J'avais déjà apprivoisé, dans le même immeuble, mais au deuxième étage, une vieille Autrichienne dont le mari n'était pas encore rentré de la guerre.

Notre accord était que je lui fournirais des provisions, et qu'elle cuisinerait des déjeuners – pour moi, pour mes jeunes camarades et, bien entendu, pour elle-même.

Après avoir quitté l'appartement de l'ingénieur Tratning, nous avons dormi tous les trois dans une de ses chambres.

J'ai transféré chez elle toutes mes prises de guerre, à savoir les cristaux et d'autres provisions.

Un jour, son mari est réapparu. C'était un homme grand et élégant, mandataire d'une banque de Linz.

Notre arrangement avec sa femme est resté en vigueur, avec, pour seule modification, une nouvelle bouche à nourrir et la requête de chercher un autre logement pour nous-mêmes.

Cette dernière condition a stimulé nos efforts pour obtenir le palais de Goering à Leonding.

Presque tous les jours je me rendais au même poste pseudo-consulaire que le nôtre, mais tchécoslovaque, et je me renseignais sur les liaisons ferroviaires praticables, car à de nombreux endroits les rails étaient tordus littéralement comme les ressorts d'un matelas.

L'ensemble de l'Allemagne avait été tellement bombardé par l'armée de l'air américaine que, malgré toute la barbarie que cela suppose, le spectacle nous remplissait de grande satisfaction.

En peu de temps, toutes les liaisons et, en général, l'ensemble du réseau ferroviaire, ont été rétablis au coup par coup, sur des traverses de fortune, plutôt fragiles, et l'on y voyageait au petit bonheur la chance.

Souvent, les trains restaient des heures dans une gare, ou en rase campagne, parce qu'ils manquaient de charbon.

Dans ce cas, le mécanicien dételait la locomotive, laissant le train entier au milieu d'un champ, et partait à la recherche de charbon.

Il était de retour quelques heures plus tard, ou le lendemain.

Un ami tchèque m'a dit qu'il était déjà allé à Prague, et que le voyage pouvait se faire, parfois avec des wagons de passagers, parfois avec des wagons de marchandises, ou alors sur des plateformes.

La durée du voyage restait une grande inconnue, on ne pouvait savoir combien d'heures cela prendrait, mais on pouvait y arriver. Et il n'y avait pas de billets !

Le lendemain, j'ai pris une serviette, mes accessoires de rasage, et je suis parti pour Cracovie.

Je ne me souviens plus combien de temps a duré le voyage, ni dans quelles conditions exactes il s'est déroulé.

La seule chose que je me rappelle – et ce fait est resté particulièrement gravé dans ma mémoire – c'est que, pour une partie de la route, j'ai voyagé (avec plusieurs autres, tous des étrangers) sur une plateforme très sale.

Je ne sais pas pourquoi, on l'appelait une *lora* [1].

C'était déjà le mois de mai, pourtant les nuits étaient froides, et à découvert, sur une plateforme d'un train en marche, on imagine le courant d'air.

De peur d'en tomber, lorsque s'entrechoquaient les tampons des wagons, je dormais sur le ventre, mes mains croisées sous le menton me servant d'oreiller.

Au moment où je l'écris, un autre épisode de mon séjour à Linz me revient à l'esprit, et je dois y retourner pour que mes souvenirs soient complets.

Mon hôte, bien qu'ayant un passeport autrichien, était typiquement boche.

Grand, sûr de lui. Même après une guerre perdue, l'arrogance ne le quittait pas un seul instant.

À la maison, il n'arrêtait pas de hurler après sa femme.

« *Bin ich der Herr zu Hause, oder nicht ?* » – à savoir : « C'est moi le maître chez moi, ou non ? »

D'un autre côté, il avait de l'appétit pour trois. Un jour, il m'a dit :

« Nous devons nous procurer une grosse réserve de viande. Il y a partout plein de voitures abandonnées, en parfait état. Vous êtes en bons termes

---

1. *Lorry* en anglais signifie camion.

avec les Américains, dénichez-nous deux bidons d'essence, et nous irons en acheter. »

Il n'a pas du tout parlé d'argent, car il était bien entendu que je devais tout payer.

« L'essence est un détail, dis-je, mais je ne sais pas conduire. Et vous ?

— Moi non plus », a-t-il répondu.

Je me suis donc renseigné auprès de mes amis : « Lequel d'entre vous sait conduire ? » Aucun. « Mais je vais conduire », m'a répondu l'un d'eux.

Eh bien, si c'est lui qui prend le volant, que Dieu nous protège… Nous sommes montés dans la voiture. Le pseudo-conducteur au volant, le boche à côté de lui, et moi sur la banquette arrière.

Le moteur s'est emballé, et « *Gaïda, troïka !*[1] » – on y va comme des empereurs.

À quarante ou cinquante kilomètres de Linz, nous avons acheté chez le boucher un quartier de viande chevaline.

Ça devait être une grosse bête, et nous avons eu beaucoup de mal à charger notre prise dans la voiture.

Tout en poussant, j'ai jeté un regard sur les magasins autour, et j'ai remarqué une enseigne : « Boulangerie ».

---

1. « En avant, la troïka » – chanson russe, paroles et musique de Mikhaïl Steinberg (1867- ?).

J'y suis entré, j'ai dit à la propriétaire que j'étais un libéré du camp, et je lui ai demandé de nous vendre du pain, pour moi et mes amis.

Elle m'a vendu huit miches.

J'ai chargé le pain dans la voiture, et nous sommes repartis à Linz.

Comme notre « chauffeur » n'allait pas très vite, et que le couvre-feu était en vigueur depuis vingt et une heures, un soldat américain nous a arrêtés devant un bâtiment à l'entrée de la ville.

« D'où venez-vous ? Où allez-vous ? Qu'avez-vous là ? Cartes d'identité ! »

Au même moment, un officier américain est apparu, et n'a pas hésité : « Retenez-les jusqu'au matin, et vérifiez l'origine de la marchandise ! »

Ils ont garé la voiture devant le bâtiment, après l'avoir fermée à clé, et nous avons été conduits dans une très grande salle (littéralement immense).

Il se trouve que nous étions dans une école, où l'armée américaine était cantonnée, et que la salle en question était un gymnase.

Il ne nous restait plus qu'à nous allonger sur le sol, et nous avons dormi jusqu'au matin.

Je dois t'avouer que j'ai mieux dormi sur ce sol que dans mon lit aujourd'hui, et j'étais aussi vieux que toi aujourd'hui.

Le matin, un officier ou un sous-officier est venu nous chercher, pour nous emmener à la cantine.

On nous a donné à chacun un bol de café noir, du pain blanc à discrétion, de la marmelade et un verre de jus d'orange.

L'officier a renvoyé les autres chez eux, et à moi il a dit : « Tu viens avec moi, on va vérifier d'où vient ce pain. »

La viande de cheval ne les intéressait pas du tout.

Ils tenaient juste à savoir si le pain avait été acheté ou volé.

Mes deux compagnons, pour tout dire : ces deux gros salauds qui s'en fichaient pas mal de me voir retenu, sont montés dans la voiture – et au galop !

Pourquoi c'est moi *ausgerechnet*[1] qu'ils ont arrêté, et pas l'Allemand ou l'autre ?

Et si ce pain avait vraiment été chouravé ? Je ferais de la taule comme deux et deux font quatre, et personne ne s'intéresserait à moi.

Un chauffeur, le sous-officier et moi-même sommes montés dans la Jeep américaine.

En chemin, le sous-officier s'est avéré être un homme très sympathique, nous avons parlé pendant tout le trajet.

---

1. En allemand, précisément.

Il avait étudié à Paris, était journaliste de profession et parlait bien autant le français que l'allemand.

Comme nous avons roulé assez longtemps, il s'étonnait de nous voir prêts à faire tant de kilomètres pour de la viande de cheval et du pain.

Lorsque nous sommes entrés dans la boulangerie, l'Allemande qui m'avait vendu le pain a eu très peur.

Je lui ai dit tout de suite : « Ne craignez rien, vous n'êtes pas en danger, les Américains veulent juste savoir si nous avons volé ce pain, ou si c'est vous qui me l'avez vendu hier. »

« Mais non !, répondit-elle, j'ai vendu le pain à ce monsieur et il me l'a payé.

— *It is very kind of you, mam, let's go* [1] », dit-il, et nous sommes sortis du magasin.

Il m'a reconduit jusqu'au bâtiment de l'école, et m'a dit « *bye, bye* ».

C'est sur cette note assez désagréable que se sont achevés mes efforts de bien nourrir mon hôte allemand.

J'ai débarqué à Prague, où j'ai été aussitôt accueilli par un représentant du comité des réfugiés.

---

1. Très gentil de votre part, madame, allons-nous-en.

Il a vite épinglé sur le revers de ma veste une étoile rouge [1] à cinq branches, et m'a donné une carte pour encaisser cent couronnes tchèques, ainsi que d'autres cartes pour le logement, pour des « robes » (c'est-à-dire des vêtements), et des bons pour la cantine.

Lorsque j'ai saisi ce qui se passait à la gare, j'ai enlevé l'étoile de ma veste et je me suis dirigé vers une autre sortie, où m'attendait le délégué suivant.

Cette fois-ci, il s'agissait d'une femme dont j'ai obtenu, une deuxième fois, les mêmes allocations.

Je suis resté deux jours à Prague. Ne pouvant me couper en deux, je n'avais que faire des deux logements, mais j'ai bien encaissé deux fois cent couronnes, et j'ai emporté deux lots de vêtements – il faut dire qu'ils avaient des entrepôts entiers pleins de ces fringues.

Quant à la nourriture, j'avalais soigneusement deux petits-déjeuners, deux déjeuners et deux dîners.

Mon organisme était affamé après le camp, et il avait besoin non pas d'une double, mais d'une triple portion de nourriture.

Je me souviens que je m'étais surtout régalé du plat national tchèque, les *knedlíky*.

1. Prague se trouvait dans la zone soviétique.

Après deux jours à Prague, je suis parti pour Cracovie.

J'étais déjà plus riche d'un sac de fringues et de deux étoiles rouges à cinq branches.

C'était la première petite graine de ma fortune d'après-guerre.

Je suis arrivé à Cracovie sans savoir qui avait survécu à la guerre, qui vivait où.

Je savais qu'avant la guerre mon frère Dudek avait un magasin de plomberie et d'équipements sanitaires au 20 rue Tomasz.

Que pendant l'Occupation, ce magasin avait été mis sous séquestre, et que j'y apprendrais sans doute quelque chose.

J'ai mis mon sac sur le dos et je me suis rendu rue Tomasz.

Le magasin était là, en effet, et dans le magasin il y avait mon frère et, derrière le comptoir, le vendeur en chef, âgé de douze ans – mon fils Raymond [1], ou, comme tout le monde l'appelait à l'époque : Remo.

Notre joie était immense, et on peut le comprendre.

Mon frère était également plein de joie, que j'ai vite gâchée par les mauvaises nouvelles que j'avais pour lui.

---

1. Raymond : prénom d'origine de Roman Polanski – qui garde un souvenir très différent de ces retrouvailles.

Six semaines avant la fin de la guerre, notre frère Bernard (Benek) avait été matraqué à mort (avec un pied de chaise) par un *Kapoman* enragé, un Polonais. Il y en avait aussi des comme ça.

Tout le monde savait que Varsovie avait été rasée – sur ordre de Hitler.

Après un séjour d'une semaine à Cracovie, je suis donc allé voir Varsovie.

Au lendemain de la guerre, et pendant des mois encore, les gens voyageaient sans payer le trajet – n'importe qui prenait le train, s'il en avait envie.

Des foules entières de pillards – appelons-les simplement des voleurs ! – partaient vers ce qu'on nommait « les terres recouvrées » [1], c'est-à-dire en Basse-Silésie, et dévalisaient littéralement les appartements abandonnés par les Allemands.

Le pillage était total. Après le départ de cette meute enragée, il ne restait plus que des murs.

Ils emportaient même les sièges et les cuvettes des toilettes. Des poignées de portes et de fenêtres. À quoi bon ? Pour quoi faire ? Folie totale.

---

1. *Ziemie Odzyskane* : terres recouvrées, ou reconquises (101 000 km^2). Terme désignant les territoires, à l'ouest et au nord, attribués à la Pologne, conformément aux décisions de la conférence de Potsdam, en échange des territoires à l'est, annexés par l'Union soviétique (178 000 km^2).

Je suis arrivé à Varsovie. Je me suis arrêté sur les décombres de la rue Marszałkowska et j'ai pleuré de tout mon cœur. (Une fois de plus, papa qui chiale – il avait de quoi s'occuper !)

Je n'arrivais simplement pas à comprendre qu'on puisse raser une ville de cette manière.

Quel degré de vandalisme et de sauvagerie pousse un homme à détruire si complètement ce que des générations ont travaillé à construire ?

Lors de mes voyages en Allemagne, j'ai vu la ville d'Augsbourg, où il n'y avait pas un seul être vivant, à l'exception de quelques chats errants, mais où les maisons étaient simplement brûlées.

Varsovie, en revanche, n'était qu'un gros tas de décombres.

J'ai vécu à Varsovie avant la guerre. C'est à Varsovie que j'ai rencontré ta mère et ma première épouse. Nous avons quitté Varsovie pour Paris.

Le soir même, je partais de Varsovie pour retourner à Cracovie.

En septembre 1945, tu allais déjà à l'école pour rattraper, de toutes tes forces, les retards provoqués par l'Occupation.

Dudek était en prison, suite aux ressentiments injustifiés d'un certain groupe d'anciennes prisonnières.

Le magasin était tenu par Dolek Horowitz et Tosia.

La maison de la rue Dietla où ils vivaient était un véritable kolkhoze.

Marian Gryglewski et Ela, la sœur de Marysia Liebling, vivaient dans une pièce.

Dans l'autre pièce, il y avait juste des lits.

Sur l'un d'eux dormaient Tosia et Roma, sur l'autre Regina et Dolek.

Sur un canapé, Nuśka [1] et Rysiek. Sur l'autre canapé, toi et moi.

Je n'avais pas d'occupation pour le moment. Ne parlons même pas de gagner de l'argent – même pas un centime.

Je m'endettais chez Tosia, que j'ai remboursée dès que j'ai gagné quelques sous.

Nous avons longtemps mangé chez Tosia, tous les deux, et c'est Regina Horowitz qui faisait la cuisine.

Dudek est resté dix mois en détention provisoire, avant d'être lavé de tout soupçon et libéré.

Il a été défendu par l'un des meilleurs avocats de Cracovie, spécialiste des affaires criminelles, Dr Aschenbrenner.

---

1. Bronisława (Niusia) Horowitz-Karakulska (née en 1932), présente également sur *La Liste de Schindler*.

En matière de droit et de juridiction, il jouissait d'une grande notoriété en Pologne.

Afin de bien caractériser la psychose permanente de peur qui régnait dans le camp, du fait de son commandant, Amon Goeth, l'avocat de la défense a demandé au président du tribunal la permission de citer un certain nombre de faits pouvant donner une idée de l'atmosphère du camp.

Le procès de Dudek a eu lieu avant que Goeth et Zdrojewski ne soient extradés et remis aux tribunaux de Cracovie, car si cela s'était produit plus tard, Dudek n'aurait pas été jugé du tout.

En 1945, quelques semaines après la fin de la guerre, plusieurs paquebots sont arrivés dans le port de Hambourg, sur ordre du roi et de la reine de Suède.

Ces navires ont récupéré plusieurs milliers de survivants de la guerre qui étaient en convalescence dans les anciens baraquements SS de Bergen-Belsen.

Pendant la guerre, ces baraquements servaient de pavillons de récréation pour les SS malades.

Toutes ces personnes s'embarquaient pour la Suède aux frais du gouvernement suédois, pour ce que l'on appelait le « rétablissement ».

Pas une seule de ces personnes n'est rentrée en Pologne.

Immédiatement après la guerre, et cela a pris quelques années, le peuple avait envie de se conforter après l'Occupation et de noyer ses souvenirs dans la vodka et les fêtes.

Les boîtes de nuit étaient carrément assiégées, et on trouvait partout deux fois plus de gens que ce que les locaux pouvaient normalement accueillir.

J'avais deux copains. L'un s'appelait Kazio (je ne me souviens plus de son nom de famille), il vit maintenant à Caracas, au Venezuela, où en peu de temps il a fait une fortune colossale, ce qui n'était pas exceptionnel en ce début d'après-guerre, et dans le monde entier.

L'autre, Romek Fink – tu le connais bien, et il te connaît aussi, mais tu ne t'en souviendras pas – vit maintenant en République fédérale, à Francfort-sur-le-Main.

Nous allions nous soûler tous les soirs au restaurant Feniks, sur la place du marché de Cracovie.

Un litre de vodka et trois grandes bières. Nous buvions ainsi : une gorgée de vodka – une gorgée de bière. Sans rien manger du tout, on était trop pauvres pour ça, nous trois.

L'attraction principale était la danse, et il y avait tellement de couples enthousiastes sur la piste de danse qu'on ne pouvait même pas rêver de faire un tour sur place.

Lettres à mon fils de Ryszard Polanski

Lorsque je rentrais à la maison, vers une ou deux heures du matin, sans allumer la lumière de la chambre, je m'allongeais à côté de toi sur le canapé (ce n'était pas un canapé double et confortable, mais une petite chose étroite), tu te réveillais toujours et tu disais : « Papa, tu pues la vodka ! »

Je te faisais taire : « Dors, dors, Remo, tu rêves. »

Juillet 1974-août 1975

Voici ma famille : au fond, debout, mon père et ma mère. Devant elle, ma sœur, Annette. Tout à droite, ma grand-mère. Troisième à gauche, mon oncle Dawid (Dudek). On voit aussi ma tante Teofila (Tosia), devant mon père.

Ici, on voit d'abord, tout à droite, mon oncle Bernard (Benek) – que j'aimais énormément ! Ma tante Teofila (Tosia) est la troisième sur la droite, ma grand-mère – la toute petite – puis ma mère, au fond, et mon père, à côté de l'oncle Stefan, au centre. À gauche, les autres membres de ma famille : un de mes grands oncles en uniforme d'officier polonais (Woller était son nom de famille). Et finalement, Dawid ou Dudek, comme on l'appelait – tout devant à gauche.

Chronologie

1936 : la famille Polanski décide de quitter Paris pour rentrer en Pologne, à Varsovie.

1 septembre 1939 : l'Allemagne envahit la Pologne.

3 septembre 1939 : Ryszard Polanski et ses trois frères partent vers l'Est.

6 septembre 1939 : les nazis entrent dans Cracovie. La population juive y est estimée à soixante mille personnes.

17 septembre 1939 : l'Union Soviétique envahit la Pologne.

28 septembre 1939 : capitulation de Varsovie.

28 novembre 1939 : obligation pour les Juifs de porter un brassard avec une étoile de David.

1940 : le camp de Mauthausen, construit en 1938, devient un camp majeur dans le dispositif concentrationnaire nazi. Les prisonniers principalement requis pour travailler dans les carrières de granit subissent des conditions de vie extrêmement dures.

Octobre 1940 : construction du *Judenwohnviertel* à Varsovie (« quartier d'habitation juif »). La famille Polanski repart à Cracovie.

16 novembre 1940 : inauguration du *Judenwohnviertel*, ghetto de Varsovie.

3 mars 1941 : création du ghetto de Cracovie, dans le quartier de Podgórze.

Mars 1942 : début des déportations de Juifs vers le camp d'extermination de Bełżec, puis en mai, vers Auschwitz.

Octobre 1942 : création du camp de Płaszów, sur deux cimetières juifs près de Cracovie. Initialement camp de travail, il est transformé en 1943 en camp de concentration sous la supervision des SS.

28 octobre 1942 : grande rafle dans le ghetto de Cracovie. La mère et la grand-mère de Roman sont déportées. La grand-mère se suicide immédiatement, la mère périra à Auschwitz.

13-14 mars 1943 : liquidation du ghetto de Cracovie. La population restante est déportée vers les camps, et notamment vers Płaszów.

1943–1944 : Oskar Schindler dresse des listes pour sauver massivement les Juifs de la mort. De Płaszów, il opèrera des transferts vers Brünnlitz (Brněnec) en Tchécoslovaquie. Au final, il aura sauvé mille deux cents personnes.

19 avril – 16 mai 1943 : insurrection et liquidation du ghetto de Varsovie.

Eté 1943 : Roman Polanski quitte Cracovie, pour se réfugier dans le village de Wysoka, chez la famille Buchała.

15 novembre 1943 : liquidation du *Judenarbeitslager* près de Płaszów, Zdrojewski fait massacrer trois cent cinquante jeunes Juifs.

1er septembre – 2 octobre1944 : insurrection de Varsovie.

Automne 1944 : Roman Polanski rentre à Cracovie.

Fin 1944 : début du démantèlement du camp de Płaszów. Prisonniers transportés vers d'autres camps, surtout Auschwitz-Birkenau.

18 janvier 1945 : l'Armée Rouge libère Cracovie.

5 mai 1945 : libération du camp de Mauthausen par les Américains. Ryszard Polanski est libéré.

1946 : *OD-Mann* Kierner, qui avait arrêté la mère de Roman, est pendu.

27 août-5 septembre 1946 : procès d'Amon Goeth à Cracovie. Il est pendu le 13 septembre.

Table

Dans la collection INA/Flammarion

Simone Veil, *Seul l'espoir apaise la douleur*, 2022.
Georges Kiejman, *Pardon d'avoir survécu*, 2023.
Marceline Loridan-Ivens, *On arrive dans la nuit*, 2024.
Serge Klarsfeld, *On pensait qu'il allait revenir*, 2024.

Cet ouvrage a été mis en pages par

<pixellence>

Achevé d'imprimer en février 2025
par Normandie Roto Impression s.a.s.
61250 Lonrai
N° d'impression : 2500062
N° d'édition : 647783-0
Dépôtlégal : mars 2025

Imprimé en France